国际少年生存小说典藏

捕狼人

[美国]詹姆斯·柯伍德 著 朱枣 译

时代出版传媒股份有限公司
安徽少年儿童出版社

图书在版编目（CIP）数据

捕狼人 /（美）詹姆斯·柯伍德著；朱枣译. — 合肥：安徽少年儿童出版社，2022.1（2022.5 重印）
（国际少年生存小说典藏）
ISBN 978-7-5707-0366-1

Ⅰ.①捕… Ⅱ.①詹… ②朱… Ⅲ.①儿童小说 – 长篇小说 – 美国 – 现代 Ⅳ.①I712.84

中国版本图书馆 CIP 数据核字（2021）第 044343

GUOJI SHAONIAN SHENGCUN XIAOSHUO DIANCANG BULANGREN
国际少年生存小说典藏·捕狼人

[美国]詹姆斯·柯伍德　著
朱　枣　译

出版人:张　堃　　策　划:高　静　宋丽玲　　责任编辑:张　怡
责任校对:王　姝　　责任印制:朱一之　　　　　封面设计:孙　威
内文设计:侯　建　　绘　图:团　子
出版发行:安徽少年儿童出版社　　E-mail:ahse1984@163.com
　　　　　新浪官方微博:http://weibo.com/ahsecbs
　　　　　（安徽省合肥市翡翠路 1118 号出版传媒广场　邮政编码:230071）
　　　　　出版部电话:(0551)63533536(办公室)　　63533533(传真)
　　　　　（如发现印装质量问题,影响阅读,请与本社出版部联系调换）
印　　制:阳谷毕升印务有限公司
开　　本:635 mm×900 mm　1/16　印张:13　插页:1　字数:140 千字
版　　次:2022 年 1 月第 1 版　　2022 年 5 月第 2 次印刷

ISBN 978-7-5707-0366-1　　　　　　　　　　定价:38.00 元

目录

编者注：本书中人类对野生动物的捕猎行为，是在特定的情境下发生的，请读者切勿模仿。

第一章　狼口脱险

寒冬笼罩在加拿大的荒野上。月亮如一个微微颤动着的金色圆球,将淡淡的光辉洒在寂静无边的白茫茫的雪野上。荒野中静悄悄的,没有一丝声音。对于昼行夜伏的动物来说,现在的时刻已经太晚了;对于夜行昼伏的动物来说,现在的时刻却又太早。在月亮和群星的清辉下,有一个被冰封的湖泊,它宛如一座圆形大剧场的地基。湖泊的对岸耸立着幽暗阴森的云杉林,湖泊的这边则耸立着一片落叶松,落叶松的树冠上覆盖着白色的冰雪,树干处则黑黢黢的。

一只个头很大的白色猫头鹰从黑暗的落叶松林中轻快地飞到湖面上,然后又飞回来,颤抖着发出了它在今夜的第一声鸣叫。它的叫声一点也不尖厉,似乎是因为在夜间活动的禽兽们看来,神秘的寂静时段还没有结束。白天下了一天的雪早已停歇了,没有一丝风,裹满冰雪的小树枝都没有一丝颤动。天气是刺骨的寒冷,如果有人一动不动地待在这儿的话,顶多一个小时,他就会被冻死。

突然间,寂静被一个怪异的声音打破了——这个声音像是一声沉重的喘息,但不是人发出的。要是有猎人听到这个声音,必定会激动地端起猎枪。声音是从幽暗的落叶松林中传来的。喘息声消失之后，天地间重新恢复了寂静。那只猫头鹰，像一片悄无声息的雪花一样，从落叶松林中飞出来，在冰封的湖泊上飞来飞去。过了一会儿，沉重的喘息声再次响起，却比刚才微弱了许多。要是哪个有经验的猎人在附近，他肯定会偷偷溜到幽暗的落叶松林边，侧耳倾听、猜测和观察，因为他完全可以从喘息声中判断出，这是一只受了重伤的动物发出来的。

　　一只高大的公驼鹿慢慢从落叶松林中走出来，走到月光下。因为白天的经历，它现在格外小心翼翼。它的头颅低垂着，似乎是受不了华美而沉重的鹿角的重压。它在湖面上环视一遍，然后打量着北边。它的鼻孔张得很大，目光明亮，身后留下一行血迹。只有半英里①之外的地方，也就是云杉林的里面，才是安全的。公驼鹿拖着身子，走到了覆盖着一英尺②深的积雪的冰湖上，它似乎已经到了濒临死亡的地步。它刚刚离开落叶松林几竿远，就停下脚步，抬起头颅，往前竖起长长的耳朵，望着云杉林树顶的方向。驼鹿若是以这样的姿势静立着侧耳倾听的话，就算是离它一英里远的鳟鱼溅起水花的声音它都能听到。此刻，除了那只白色猫头鹰在湖泊对岸偶尔发出的悲凄的叫声外，天地间是无边的寂静。驼鹿久久地站着不动，前蹄处渐渐出现了一小片血泊。对岸幽深的森林中究竟隐藏着什么秘密，又会有什么危险呢？即便是再机敏的人，对这一切也毫无所知；但此刻，这只公驼鹿通过那对长在粗大结实的鹿角前面的细长的耳朵，听到了对岸云杉林中的一个声音。公驼鹿

①英里：英制长度计量单位。1英里为1.6~1.7千米。
②英尺：英制长度计量单位。1英尺为25~34厘米。

把头抬得更高一些,鼻子往东边嗅了嗅,又往西边嗅了嗅,然后转身往落叶松林方向嗅了嗅。但最终,它依然久久地注视着北边。

不一会儿,从云杉林的外面传来一个声音,这个声音即便是人也能听到。这个声音听起来很像是哀嚎声,但实际上不是。一分钟又一分钟过去了,嚎叫声也越来越清晰,它有时候变得挺大,有时候却又消失了,但越来越近——那是从远处传来的狼群追捕猎物的声音!就像刽子手将绞索往死刑犯的脖子上缠去一样,就像步枪正冲着被判处死刑的犯人瞄准一样,嚎叫着的狼群此刻正追击着森林中受伤的猎物。

这只公驼鹿本能地明白了一切。它垂下头颅,硕大的鹿角与肩膀齐平,向东边慢跑而去。它这样从湖面上跑过去,无异于是在冒险,但是,只有云杉林才是它的家,只有在云杉林里,它才可以找到庇护之处。它在头脑里估算着,认为自己可以在狼群出现之前到达云杉林。然而,片刻之后——

公驼鹿再次停了下来,这一次它停得太急了,以至于一下子跌倒在地,前蹄跪在了雪地中。这时候,从狼群的方向传来一声枪响!枪声是从一两英里之外传来的,但即便是隔着这么远的距离,这位濒临死亡的"北国之王"还是害怕极了。白天的时候,它曾听到同样的声音!就是在这个声音响起的时候,它的身体疼痛起来,以至于虚弱成现在这个样子。它竭尽全力挣扎着站起身,再次分别往北边、东边和西边嗅了嗅,然后转过身,逃进了幽暗的落叶松林之中。

枪声过后,寂静重新降临。寂静持续了将近十分钟后,一

声悠长而孤独的嚎叫声从湖面上飘过来。旋即，这个声音被一只飞奔着的狼的尖锐而短促的嚎叫声打断了，然后，其他的狼也发出尖锐而短促的嚎叫声，接着整个狼群再次一起嚎叫起来。几乎与此同时，一个身影从云杉林中猛地蹿了出来，跑到了冰封的湖面上。在湖面上跑了几步之后，他停下来，转过身冲着黑森森的云杉林喊道："赶过来了吗，瓦比？"

云杉林中传来一声应答："我来了！继续跑啊！"

湖面上的身影急忙转身，面向湖泊继续跑起来。这是一个少年，十七八岁的样子。他右手拄着一根木棍，左胳膊用森林居民的厚围巾包扎着，好像伤势很重。他脸上有几道抓痕，还渗着血，整个人看起来已经到了精疲力竭的地步。他在雪地中猛跑了一会儿后，改为蹒跚地快走。他吃力地喘着气，木棍从无力的手中脱落了，但他没有捡起木棍的念头，因为他浑身上下已经没有一丁点儿力气了。他一步一步往前挣扎着，终于双膝一软，跌倒在了雪地上。

这时候从云杉林中出来一个年轻的印第安人，他在冰封的湖面上往前跑去。他的呼吸很急促，虽然显得疲惫，但他很激动。他听到狼群在身后不到半英里远的地方嚎叫的声音，并且狼嚎声离自己越来越近。有那么一刻，他弯下身子，将耳朵贴在雪地上，计算着狼群与自己的准确距离。然后，他站起身寻找起自己的白人同伴，却没有发现跌倒在雪地上的那个一动不动的身影。印第安少年惊慌起来，将猎枪搁在双膝间，双手在嘴前拢成喇叭状，在寂静的夜色中大声喊道："哇——呜！哇——呜！"

呼喊声即便在一英里外也能听到。跌倒在雪地中的精疲力竭的少年挣扎着站起身，发出了一声呼喊作为回应，但声音比印第安少年的呼喊声微弱了许多。然后，他继续在湖面上奔跑起来。两三分钟后，瓦比赶上了白人少年。

"你能坚持住吗，罗德？"他喊道。

白人少年喘着粗气想回答，却说不出话。瓦比正要伸手去搀扶他时，他却再次耗尽了仅存的一丁点儿力气，重新跌倒在雪地中。

"我恐怕——坚持不住了——瓦比——"他用很低很低的声音说道，"我——太累了——"

印第安少年丢下猎枪，跪倒在受伤的少年身旁，用肩膀支撑住他的头。

"没多远了，罗德。"他鼓励道，"我们能过去的，然后爬到树上。我们刚才在湖的另一边时就应该爬到树上的，但我不知道你已经跑到湖面上了，我们本可以扎营的。现在我们还有三颗子弹。"

"只有三颗了？"

"对！只有三颗了。在这样的光线下，我应该能让两颗都发挥作用。这儿！抓住我的肩头！快！"他在几乎已经趴倒在雪地上的同伴面前弯下身，整个人像一把折叠刀似的。他们身后忽然传来狼群的咆哮声，比刚才更响亮也更清晰。

"狼群从云杉林中出来了，不到两分钟它们就到湖面上了。"瓦比说道，"把胳膊伸过来，罗德！那儿！能帮我拿住枪吗？"

他直起身子，背着罗德，踉踉跄跄地往远处的落叶松林慢跑而去。他绷紧身体,用尽了全部的气力。与虚弱无力的罗德不同,瓦比清醒地意识到身后有多么危险。

三分钟过去了,四分钟过去了,然后——

瓦比脑海中浮现出一幅可怕的画面来,这是一幅从童年开始就在他脑海中一直挥之不去的画面,是关于另外一个孩子的画面——他曾亲眼看见一个孩子被狼群围攻。想到这儿,瓦比不禁战栗起来。除非他能做到让剩下的三颗子弹弹无虚发,除非他们能及时赶到落叶松林之中,否则,他们的下场是不堪设想的。这时候他脑海中忽然闪现出一个念头——如果丢下受伤的同伴,自己就安全了。但这个念头只是让他冷笑起来而已。他和罗德不是第一次共患难了,白天的时候,在自己遭受攻击的时候,罗德英勇地救了自己。如果罗德活不了的话,自己也肯定会陪他一起死的。瓦比下定了决心之后,紧紧地扶住了罗德的胳膊。他明白,死神正在接近他和罗德——这是毋庸置疑的事情。即便他们能在被狼群追上之前爬到树上,饥饿的狼群也会待在树下不走,那么,他和罗德在树上也迟早会活活冻死的。但即便如此,俗话说,哪里有希望,哪里就有生命,他还是往落叶松林匆匆赶去。每往前走一步,他都听到身后狼群的嚎叫声更清晰一些,也感到身上的力气更接近枯竭。

狼群这时候却没有了声音——这是一件无法解释的事情。两分钟过去了……五分钟过去了……湖面上却始终没有出现狼群。狼群是不是找不到他和罗德的足迹了?有没有这种可能呢?旋即,他忽然想起,会不会是因为自己之前打伤了一只狼,然后,其他的狼发现了它的伤势,就围攻起那只狼,现在狼群正在抢吃那只受伤的狼？他正要仔细思考这种可能性的时候，身后再次传来一串长长的狼嚎声，把他吓了一跳。他转身，看到十几个黑色的身影正沿着他和罗德的踪迹轻捷地追过来。

前方不远处就是落叶松林了。罗德肯定能走完这段距离！

"罗德！快往前跑！"他喊道，"你已经歇了一会儿。我留在这儿狙击它们！"

他松开罗德的胳膊，猎枪一下子从罗德无力的手中脱落下来，掉进了雪地中。将罗德从自己身上挪开之后，瓦比才发现，罗德半闭着眼睛，脸色是死一般的苍白。瓦比再次惊慌起来，他跪在躺在雪地上的奄奄一息的罗德身边，将冒着火焰的目光从罗德脸上移开，盯着越来越近的狼群，握紧了猎枪。他看到，狼群已经从云杉林中蜂拥而出。有几只狼已经在猎枪的射程范围之内了。瓦比明白，一定得干掉那只领头的狼，只有这样，才能吓退后面的几十只狼。他没急着开枪，而是让狼群越来越近；等领头的那只狼距离自己只有两百英尺远的时候，他突然大吼一声，站起身，无畏地向狼群猛冲过去。瓦比出其不意的动作一下子把最前面的几只狼吓得停下了脚步，顷刻间狼群乱作一团，瓦比抓住这一良机，冲着狼群开枪了。随即传来一声长长的狼嚎声，很显然，有一只狼被打中了。紧接着，第二枪也射了出去，第二枪射得太准了，中枪的狼一下子跳了起来，然后仰面摔倒在狼群之中。

瓦比飞奔到躺在雪地上的罗德身边，敏捷地将罗德背在自己身上，紧握着猎枪，往落叶松林跑去。他只回了一次头，他回头的时候看到,狼群正咆哮着争抢食物。到了落叶松林中之后,瓦比才将罗德从身上放下来,然后,瓦比气喘吁吁地趴倒在雪地上,眼睛紧紧盯着争食的狼群。几分钟后,瓦比看到狼群在白茫茫的雪地里分散开来,他明白,狼群的争食活动已经结束了,于是他爬到一棵云杉树的低矮的树杈上,并将罗德也拉了上去。直到这时,受伤的罗德脸上才浮现出生命的气息。罗德慢慢恢复了一些体力,过了一小会儿,在瓦比的帮助下,他爬到了较高的一根树枝上。

"这是你第二次救我了,瓦比。"他一边动情地说着,一边伸出一只手搁在瓦比的肩上,"上一次是在我差点淹死的时候,这一次是在被狼群追赶的时候。我欠你的太多了!"

"跟今天发生的事情比起来,这些都不值一提!"

这位印第安少年抬起微暗的脸庞,与罗德四目相对,彼此的目光中饱含着爱与信任。片刻之后,出于本能,他们又将目光投向了湖面上。他们能清清楚楚地看到狼群了。这是在荒野中生活了很多年的瓦比所见过的最大的狼群——他在脑海中粗略地计算了一下,至少有五十只。就像在狗群中扔进去几块肉之后狗会乱作一团一样,这群狼也四处乱窜,这儿嗅嗅,那儿闻闻,生怕有一小块肉被它们错过了。然后,有一只狼停下来,坐在雪地上,直起身子,头仰向天空,发出了嚎叫声。

"这是两群狼。一群的话不会有这么多只。"瓦比大声说道,"你看!有一部分狼正沿着我们的足迹往前走,另外一部分狼则落在后面啃死狼的骨头。如果现在我们有足够多的弹药,并且那杆猎枪不被那帮歹徒抢走的话,我们这回就发大财了。怎么——"

瓦比突然收声，把罗德的腰抱得更紧了，受伤的罗德不由自主地往后退缩起来。两个少年默默地盯着狼群，表情严峻起来。饥饿的狼群围拢在落叶松林与刚才抢食死狼的地方中间的一处雪地上，莫名地兴奋起来——它们发现了雪地上的血泊，那只垂死的驼鹿走过时留下的血泊！

"怎么回事，瓦比？"罗德低声问道。

印第安少年瓦比没吭声，他乌黑的眼睛中泛起新的光芒，双唇微微张开，焦急地期待着，几乎忘记了呼吸。受伤的白人少年罗德重复了一遍自己的问题。这时候，狼群转弯向西边走去，一大群黑色的身影默默地朝着离罗德和瓦比约一百码①远的落叶松林的另一边跑去。

"新的足迹！"瓦比说道，"它们发现了一行新的足迹，刚刚留下的！你听！狼群默不作声了。每当狼群接近猎物的时候，它们都是这样的！"

它们看着最后一只狼消失在落叶松林之中。安静了好一会儿后，从他们身后的树林深处传来狼群的齐声嗥叫。

"我们的机会来了！"瓦比兴奋地说道，"狼群又散开了，它们的猎物——"

瓦比的胳膊刚刚从罗德的腰间抽回来，双脚正要落地的时候，狼群又朝着他们的方向过来了。几竿远之外的灌木丛中响起哗啦哗啦的声音，瓦比慌忙重新爬到了树上。

"快！往上面爬！"他激动地叮嘱道，"狼群往我们这儿来

①码：英美制长度单位。1码为0.9~1米。

了！到我们下面了！再往上爬一些，它们就看不到我们，也嗅不到我们——"

话还没说完，一个硕大的身影从离它们不到五十英尺远的地方一闪而过。俩人同时辨认出，那是一只公驼鹿，可他俩谁也没有料到，这只驼鹿正是白天在几英里之外的地方瓦比开枪打中的那一只。驼鹿的后面，贪婪的狼群紧紧追赶过来。饥饿的狼群低着头嗅着驼鹿留下的血迹，嚎叫着从两个少年藏身的云杉树旁的一小片空地上蜂拥而过。罗德怎么也没料到会出现这样的场景，即便是经验丰富的瓦比，也吓得目瞪口呆。俩人都屏住了呼吸，不敢发出一点声音，盯着下面凶恶而饥饿的被称为"荒野中的暴徒"的狼群。这么近距离地看到狼群，让瓦比想起一个悲惨的故事；而罗德想到的，则仅仅是一场即将发生在眼前的屠杀而已。瓦比锐利的双眼在白色的月光下看到的是细长而瘦弱得几乎可以称作皮包骨头的身躯；而罗德看到的，则仅仅是飞奔而过的敏捷而勇猛的狼群而已——狼群因为离猎物非常近而变得疯狂起来。

狼群一闪就过去了，但罗德一辈子也不会忘掉他看到的这一幕。一场异常凄惨而恐怖的悲剧马上就要上演了。在正处于茫然之中的罗德看来，仅仅是一眨眼的工夫，狼群就追上了驼鹿。他看到命运已被注定的驼鹿转过身，听到寂静之中响起的咆哮声，然后，他听到一声沉重而痛苦的呻吟声，或者说是垂死的悲鸣声。瓦比顿时血脉偾张，先辈们遗传给他的好战精神被激发了，他恨不得立马与狼群展开一场血战。发生在眼前的这幕悲剧的每一个细节都被在荒野中长大的少年瓦比看得真真切切。这可真是一场惊心动魄的搏斗！他知道，寡不敌众的驼鹿会慢慢死去，尔后，狼群便要享用起大餐来……

瓦比悄悄伸出一只胳膊，搭在同伴的身上，说道："现在是我们逃走的机会。过来——慢着——从树的这边下来！"

瓦比慢慢从树上爬下来，然后帮助罗德也爬了下来。等两人都落地之后，瓦比弯下腰，像之前那样，让罗德趴到自己身上。

"我自个儿可以走，"负伤的罗德低声说道，"你搀着我的胳膊就行了！"

瓦比用胳膊搂着罗德的腰，两人往落叶松林里面逃去。十五分钟后，他们到了一条结冰的河流的岸边。他们看到，对岸离他们一百码远的地方，在一棵茂盛的云杉树下，有一团明亮的营火！俩人不约而同地欢呼起来！听到俩人的欢呼声后，一个身影从火光中走出来，也欢呼了一声作为回应。

"穆阿奇！"瓦比叫道。

"穆阿奇！"罗德也叫起来。他们终于安全了。

罗德还没欢呼完，便摇晃着身子又要跌倒在地——瓦比赶忙扔掉猎枪，扶住罗德。

第二章 从印第安人变成白人

两个少年此时还不知道未来会发生什么，他们没有料到，今晚在冰冷的奥姆巴贝卡的营火将是他们在野外的最后几晚营火之一，过不了几天，他们就要回到文明开化地带了。如果他们能够预知后续的冒险活动的精彩程度的话，他们很有可能会把冒险活动继续下去，因为他们年轻的心中充满了对新事物旺盛的欲望。但此刻，他们并不知道这一切。很多年后，当他们在冬夜里与家人围坐在燃烧着的炉火边回忆起少年时代的生活时，他们就会明白，就算是拿全世界的金子来换取他们的这段回忆，他们也不会同意的。

　　距离本故事发生之前将近三十年，一个名叫约翰·纽瑟姆的年轻人离开英国首都伦敦，来到了北美新大陆。命运跟这个名叫纽瑟姆的少年开了一个残酷的玩笑——他先是父母双亡，然后他继承来的那一点微薄的遗产也因时运不佳而损失殆尽。没多久，他到达了蒙特利尔。作为一个接受过良好教育并且胸怀大志的年轻人，他很快就找到了一份工作。他的勤奋赢得了雇主们的信任，因此他被委以瓦比诺什驿站站长的职务——瓦比诺什驿站是尼皮贡湖荒原深处的一所驿站。

　　驿站站长实际上相当于他所管辖的领地上的国王。纽瑟姆担任瓦比诺什驿站站长的第二年，一个名叫瓦比古恩的印第安酋长带着他的女儿敏妮塔琪来到了驿站——很多年后，人们为了纪念敏妮塔琪的美貌和品德，把一座小镇命名为敏妮塔琪。敏妮塔琪正处于豆蔻年华，她是印第安人中百里挑一的美女。如果说世界上存在一见钟情的话，那么约翰·纽瑟姆在看到敏妮塔琪的第一眼时就爱上了这位可爱的酋长女儿。此后，他经常走三十英里的路到荒野深处的瓦比村去看望敏妮塔琪。敏妮塔琪对纽瑟姆怀有同样的好感，可是，他们的婚事却遭到了强有力的阻挠。长久以来，敏妮塔琪都被一个名叫武诺咖的有势力的年轻酋长热烈地追求着，但敏妮塔琪非常讨厌武诺咖。然而，敏妮塔琪的父亲得依靠武诺咖的照顾和与他的友好关系才能在自己的领地捕猎和生活。

纽瑟姆到来之后，武诺咖与纽瑟姆展开了一场残酷的爱情争夺战，其结果是，武诺咖决定要了纽瑟姆的性命，并且派人给敏妮塔琪的父亲下了最后通牒。敏妮塔琪亲自给这份通牒做了回复。敏妮塔琪的回复激起了武诺咖强烈的仇恨心理和复仇欲。在一个月黑风高的夜晚，武诺咖率领十几个部族成员袭击了瓦比古恩的营地；当然，他最主要的目的是绑架敏妮塔琪。虽然这帮人的袭击在一定意义上说是成功了，但他们绑架敏妮塔琪的目标却没有实现。瓦比古恩和十多个部族成员惨遭杀害。

武诺咖袭击营地和老酋长惨死的消息很快传到了瓦比诺什驿站，纽瑟姆带着十多个人匆忙赶来援助敏妮塔琪和她的部族。他们对武诺咖的反击很成功，武诺咖和他的族人损失惨重,被迫逃进了荒野深处。三天之后,敏妮塔琪与纽瑟姆在哈德逊湾驿站举行了婚礼。

从他们举行婚礼的那一天开始,大哈德逊湾公司历史上由宿仇引起的最血腥的对战就展开了。这种仇恨一直持续到第二代人身上。

武诺咖和他的部族现在完全成了一群暴徒,他们疯狂地残杀瓦比古恩的部落中残留的人员,以致瓦比古恩的部落几乎灭亡。存活下来的部落成员搬到了驿站附近居住。从瓦比诺什驿站来的猎人也经常遭到武诺咖部落的伏击和杀戮。去瓦比诺什驿站买卖东西的印第安人都会被武诺咖和他的部族视作敌人。在过去的这么多年里,宿仇的关系一直没有得到半点缓和。这帮暴徒被称为"武诺咖人",任何人见了武诺咖人都可以开火。

在此期间,纽瑟姆和他的印第安妻子生了两个孩子。他们年长的孩子是一个男孩,为了纪念已经死去的老酋长,他们给他起名叫"瓦比古恩",通常简称为"瓦比"。他们较小的孩子是一个女孩,比瓦比小三岁,纽瑟姆执意给她起名叫"敏妮塔琪"。很奇怪的是,瓦比几乎完全继承了印第安先辈们的血统;而敏妮塔琪,随着年龄的增长,越来越体现出白种人温和美丽的特征来,母亲身上的野性之美在她身上体现得越来越少,她遗传自父亲的白皙的皮肤、柔顺的头发,以及一对乌黑的大眼睛,与母亲形成了鲜明的对比。瓦比则相反,无论从脚上的鹿皮靴,还是头上的帽子来看,他都更像是一名印第安人。瓦比肤色黝黑,很结实,像大山猫一样敏捷。他天生就喜爱荒野中的生活，但他并不缺乏白种人的精明，甚至在这方面比他父亲更卓越。

纽瑟姆生活中最大的乐趣就是教在山林中长大的妻子读书识字。他和妻子一致认为，要让两个孩子接受白人孩子那样的教育。瓦比和敏妮塔琪从小就在家中接受父亲和母亲的教育，后来兄妹俩被送到驿站的学校接受教育，并且在亚瑟港度过了两个冬季——亚瑟港的学校设施非常完善。兄妹俩在学校里都是非常聪明的学生，等到瓦比十五岁大、敏妮塔琪十二岁大的时候，从兄妹俩的言谈举止中，谁也看不出来他们具有印第安人血统。但是，兄妹俩对印第安人的生活非常熟悉，并且可以流利地使用母亲的部族语言——这正是父亲和母亲共同期望的事情。

就在这个时候，武诺咖人的劫掠活动变得更加肆无忌惮了。这帮暴徒不再假装依靠诚实的方法营生了，而是明目张胆地靠抢劫猎人和其他印第安人生存；一旦时机对他们有利，他们就进行抢劫和滥杀。武诺咖人对瓦比诺什驿站居民的仇恨延续到了下一代，武诺咖人的孩子心中从小就被根植了这种仇恨，但这种宿仇的根源却已经被大多数人忘掉了，尽管武诺咖本人始终不会忘掉。最后，因为武诺咖人太过猖狂，当地政府悬赏高价购买武诺咖本人和其他几个臭名昭著的跟随者的人头。有一段时间，这帮暴徒被驱赶到了这片土地之外的地方，但是嗜杀成性的首脑人物武诺咖却始终没有被逮住。

瓦比十七岁那年，父母决定送他到美国更大的学校去上一年学，这个计划遭到了印第安少年瓦比（几乎所有人都认为他是一个印第安人,并且瓦比也以印第安人身份为豪)的激烈反对,他据理力争,不想去上学。他跟母亲的族人一样,无限热爱荒野的生活。他的天性让他对大城市充满了厌恶,大城市里街道拥挤、噪音很大、事物杂乱且灰尘遍地,他实在不觉得大城市有什么好的。这时候敏妮塔琪恳求他去上一年学,回来后把他在学校里看到和学到的东西讲给自己听。妹妹是瓦比在这个世界上最爱的人。因此,最终说服瓦比去上学的不是父母,而是妹妹。

整整三个月,瓦比在底特律一直埋头苦苦学习。但每过一个星期,他对敏妮塔琪和森林的思念就变得更加强烈一些。尔后他出现了度日如年的感觉。敏妮塔琪每个星期给瓦比写三封信。敏妮塔琪每次写的信都很长很长,每次写信的时候都非常快乐,尽管她的这些信瓦比每个月只能收到两次——因为从驿站驶往南方的邮车每个月仅仅出发两次。

瓦比就是在这段孤寂的求学生涯中认识罗德·里克德鲁的。罗德是一个可怜的孩子,正如瓦比当时觉得自己也很可怜一样。罗德的父亲在他还不怎么记事的时候就去世了,父亲留下的遗产在后来的年月里渐渐被用完了。瓦比认识罗德的时候,正是罗德在学校里度过的最后一个星期。因为经济方面的压力,罗德不得不辍学,他必须找份工作挣钱才行。用罗德的原话来说,就是"母亲为了让我待在学校里已经竭尽了全力,但我的求学生涯还是得结束了"。瓦比遇到这位白人少年的感觉,就像是在无垠的大沙漠中发现了绿洲一样。没过多长时间,俩人便成了亲密的朋友。罗德辍学后,瓦比经常到罗德家中去,于是他们的友情更加深厚了。罗德的母亲德鲁夫人是一位有教养的文雅女性,她就像对待自己的亲生儿子一样对待瓦比。在这样的环境熏陶下,瓦比举止中的印第安人的粗野习气很快彻底消失了,他写给敏妮塔琪的信中也越来越多地提到他的新朋友。没过多久,罗德的母亲收到了瓦比的母亲从瓦比诺什驿站写来的感谢信,尔后,两位母亲之间便开始了相互通信。

于是两位少年便不再觉得孤寂。在漫长的冬夜里,罗德结束了白天的工作,瓦比也完成了白天的学习任务,两个人常常促膝坐在炉火前,瓦比给罗德讲述广袤的北方荒野中的奇妙生活。一天又一天过去了,一个星期又一个星期过去了,罗德心中渐渐萌生了去北方的荒野中体验一番的愿望。他和瓦比一起策划了数不尽的方案,也想象了数不尽的探险活动,这时候罗德的母亲就坐在他们身边颔首微笑。

这样的日子终究结束了,瓦比回到父母、妹妹和森林的怀抱中的日子到了。分别的那天,俩人都哭了,罗德的母亲也落了泪。瓦比离开底特律后的很多天里,心里一直都很难受。八个月时间的相处,已经让罗德成了瓦比生命中的一部分,因此,瓦比离开底特律后觉得自己的生命变得残缺不全了似的。春天来了又走了,然后夏天到了。每一辆从瓦比诺什驿站驶走的邮车上都装载着瓦比写给罗德的信,每一辆驶往瓦比诺什驿站的邮车上同样也装载着罗德写给瓦比的信。

初秋的一天,九月的风霜将北方的绿叶染成红色和金色的时候,罗德收到了瓦比写来的一封长信,这封信把无尽的快乐、兴奋和忧虑带给了罗德和他的母亲。随着瓦比的书信一起寄来的，还有另外两封信和一张短笺——两封信分别是瓦比的父亲和母亲写来的，短笺是敏妮塔琪写的。瓦比一家在信中恳请罗德和他的母亲一起去瓦比诺什驿站度过冬季。

"你们不用担心丢掉工作。"瓦比写道，"我们在这儿一个冬季挣的钱要比你们在底特律三年挣的钱还要多。你跟我一起去捕狼。这里到处都是狼，每剥掉一张狼皮，政府就奖励十五美元。两年前，我一年内就捕到了四十只狼，但当时我根本就懒得拿它们去换钱。我驯养了一只狼，打猎的时候，它可以帮我们诱骗狼群。请不要担心猎枪之类的东西，我们这里都很齐全。"

一连几天，罗德和母亲都认真考虑着如何给瓦比一家回信。罗德恳请母亲答应瓦比一家的邀请，因为荒野的生活太诱人了，在那儿不但能挣钱，还可以让身体强壮起来，他列举了一连串的理由来说服母亲。但母亲仍然疑虑重重——家里基本没什么存款，罗德的收入虽然很低，但很稳定，家里的开支主要靠的就是罗德的收入，而如今，罗德却要辞掉工作。罗德目前的工作很有发展前途，今年冬天他任职的商行就要把他的工资提高到每星期十美元了。最终，她和罗德商量好了——母亲就留在底特律不去瓦比诺什，但她允许罗德去瓦比诺什待上一个冬季。他们把这个决定写进信里，寄往了北方。

三个星期之后，瓦比的回信来了。瓦比在信中说，他将在十月十日这天，在黑鲟鱼河边上的斯普伍德镇迎接罗德；然后，他们坐桦皮艇沿黑鲟鱼河到鲟鱼湖，再到尼皮贡湖，最后在风雪到来之前赶到瓦比诺什驿站。事不宜迟,罗德看完信后立马准备起来。接到信后的第四天,罗德和母亲就去站台上等火车了——罗德要乘火车去北方体验一种全新的生活了!火车晚点了,十一日这天才抵达斯普伍德镇。瓦比和驿站上的一名印第安人——穆阿奇,在车站接待了罗德,然后,当天下午,他们就坐着桦皮艇沿黑鲟鱼河出发了。

国际少年生存小说典藏

第三章　敏妮塔琪被绑架

这还是罗德有生以来第一次深入荒野。罗德坐在桦树皮做的独木舟的船头，瓦比紧挨着他，坐在他身后，沿着黑鲟鱼河往北驶去。独木舟像影子似的从森林和沼泽之间悄无声息地划过，罗德呼吸着野外的空气，兴奋极了。他的目光不停地四处游移，注意是否有大的猎物的蛛丝马迹——瓦比告诉他，周围有很多大的猎物。瓦比的连发猎枪就横放在他的双膝间，他随时准备端起来射击。夜间结了寒霜，因此白天的空气格外清冽。有好几次，他们从大片大片的金色和深红色的森林间经过；还有几次，他们从黑森森的云杉林边经过。尔后，他们从大片大片的落叶松林中静静地穿梭而过。在这片广袤的荒野中，除了偶尔有野生动物的叫声外，一切都是那么寂静。每一次拐弯时，都有松鸡蹦跳着躲回树林，或是野鸭拍打着翅膀急速飞起。有一次，在快晌午的时候，罗德被离独木舟仅仅一箭之遥的矮树林中的哗啦哗啦的声音吓了一跳。他看到小树有的被压倒了，有的被扭向一边，这时候瓦比在身后低声说道："是驼鹿！"

　　罗德听后猛地打了一个激灵，端起猎枪，浑身颤抖着，想找到驼鹿在哪儿。瓦比则显得非常平静，他和那些在北方荒野中生活了很多年的人一样，听到附近的野生动物的声音后仍显得漫不经心。但罗德始终没有找到他的第一只大猎物。这天下午，时机终于到了。独木舟轻快地驶过了一个河湾。河湾的对岸堆积着干枯的漂流木，将近黄昏的太阳从森林后面将温暖的金色阳光洒在这堆漂流木上。此刻有一只动物正沐浴在阳光之中——这只动物很喜欢在接近黄昏的时候出来晒太阳。罗德发现这只动物后禁不住惊喜地尖叫起来。刹那间，他认出来了，那是一头黑熊，离罗德仅有五六竿远。罗德急忙举起猎枪，甚至还没想明白是怎么回事，他就瞄准了，随即扣动了扳机。黑熊此时已经爬到了漂流木的顶端，但枪声响起之后，它立马停了下来，似乎要往后摔倒，但旋即继续往前逃去。

"你打中了！"瓦比喊道，"再来一枪！"

罗德的第二枪似乎没有射中。他全然忘记了自己身处独木舟中，站起身来，激动地开了最后一枪——这时候黑熊正要从漂流木顶端消失。瓦比和穆阿奇急忙奋力往相反的方向划动木桨，但终究还是无力挽救他们这位冒失的伙计。枪托往后冲击的力量让罗德一下子失去平衡，他仰面朝天掉进身后的河水中，好在还没等他沉下去，瓦比就伸出手抓住了他的胳膊。"别乱动！握紧你的枪！"瓦比喝道，"如果我们现在把你往独木舟里拉的话，那么我们全部都得掉进水里！"他一边说着，一边冲穆阿奇打了一个手势，于是穆阿奇慢慢把独木舟往岸边划去。瓦比看着罗德湿淋淋的脸，笑了起来。

"天哪！你最后一枪打得太准了，一点也不像是新手！你打中黑熊了！"

落进水中的罗德本来正沮丧呢,听了瓦比的话后,高兴得欢呼起来。很快,在瓦比的帮助下,他上了岸,往那堆漂流木疾奔而去。在漂流木的最顶端,他发现了那只黑熊。黑熊早已死去了。罗德站在自己捕获的第一只大猎物旁边,身上往下滴着水,激动不已。他转身看了看正在把独木舟往岸上拉的瓦比和穆阿奇,发出一连串得胜似的欢呼声,在半英里之外都可以听到。

"我们就在这儿扎营,生堆火给你好好烤烤吧!"瓦比一边向他走来,一边哈哈大笑着说道,"你的运气比我预料的要好得多!这堆漂流木正好可以当作柴火,你好好体验一下北方的生活有多么美妙吧!嘿!穆阿奇!"他喊道,"你来把这只黑熊给处理了,怎么样?我现在安营去!"

"我们能把熊皮留下吗?"罗德问道,"因为这是我打的第一只熊,所以——"

"没问题!我们生火的时候你帮我们一把就行了。你也烤一下,别感冒了!"

罗德兴奋地帮瓦比安营,全然不顾浑身已经湿透,这时候夜色正悄悄降临。

第一步是生火。很快,柴火噼噼啪啪地燃烧起来,一大团没有烟气的火焰升腾起来,周围三十英尺之内都是光和热。瓦比从独木舟中取出几条毯子,脱掉自己的一部分衣服,然后让罗德把衣服脱光,很快罗德就被干衣服裹住了,同时他的湿衣服被挂在火堆边烘干。这是罗德第一次观看在荒野中搭建棚屋的场景。瓦比吹着口哨,愉快地从独木舟中取出一柄斧头，来到雪松林边，砍下一大捆小树苗和枝条。他把毯子在地上铺开，然后用毯子裹着这些小树苗和枝条，怪笑着蹒跚地回到火堆旁。不到半个小时，雪松搭建的棚屋就成形了。两棵小树苗被插进地面，二者之间相距有八英尺，另外一棵小树苗被横架在两个树杈上，这样一来，第三棵小树苗就成了一根横梁。另外几棵小树苗一头搭在这根横梁上，一头斜插进地面，然后再把雪松枝条铺在这两个斜面上。棚屋搭建好了，瓦比还用芳香的细松枝做了三张床铺。望着棚屋前熊熊的营火和愈来愈浓的夜色，罗德心想，以前看任何图画书和听任何故事时的感受，都不能跟真正在这儿过夜的感觉相媲美。又过了没多久，大块的肉在火堆上烤起来，热石板上还烤着蛋糕，空气中弥漫着烤肉、咖啡和蛋糕的混合气味。罗德明白，这就是自己梦寐以求的野营生活。

这天夜里，在营地的火光中，罗德听瓦比和穆阿奇讲了很多激动人心的故事；几乎整整一夜，他都躺在松枝床上不能入睡，聆听着偶尔传来的几声狼嚎、河流里水花溅起的声音和鸟儿尖厉的叫声。接下来的三天里，罗德又经历了很多事情：在一个结霜的早晨，还没等瓦比和穆阿奇起床，罗德就拎起瓦比的猎枪溜出了棚屋。他冲着一只赤鹿开了两枪，但两枪都没有打中；他还冲一只在黑鲟鱼河中游泳的驯鹿连开了三枪，但因为距离太远，所以这三枪也都没有打中。

一个阳光灿烂的秋日下午，目光敏锐的瓦比发现了隐藏在森林中的驿站的木屋。在他们向木屋前进的路上，瓦比高兴地指着不同的木屋给罗德介绍：那个是大哈德逊湾公司的商店，那一排是雇员的家，那个是驿站站长的庭院——罗德将在这里受到隆重欢迎，至少罗德认为瓦比一家迎接他们的地点应该是在这里。可是，当他们靠得越来越近时，一只独木舟突然从岸边启动，向他们这边飞快地划来——罗德他们三个人看到，对面驶来的独木舟上有一条白色的手帕正挥舞着向他们致意。瓦比高兴地欢呼起来，并且冲着天空鸣了一枪。

"是敏妮塔琪！"他嚷道，"她说过她会等我们的！她说过她会来迎接我们的！"

敏妮塔琪！罗德禁不住激动起来。以前冬季在罗德家里时，瓦比曾不止一次地提到敏妮塔琪。作为敏妮塔琪的哥哥，瓦比每次谈到她的时候都充满了爱意和骄傲，并且瓦比和罗德制订的探险计划中把敏妮塔琪也安排进去了，因此，渐渐地，罗德变得非常喜欢敏妮塔琪——虽然他还从未见过她。

两只独木舟相距得越来越近了，几分钟后，两只独木舟并排停在了一起。敏妮塔琪欢呼着侧身站起来，亲了哥哥一下；与此同时，她黑闪闪的大眼睛好奇地打量着罗德——这个她曾通过无数封书信知道，也曾和哥哥谈论过无数次的白人少年。

敏妮塔琪今年十五岁。跟母亲一样，她很苗条，个头几乎跟成年女性一样高。她有一种天然的美，走起路来像小鹿一般敏捷和优雅。她的鬈发又黑又浓，脸蛋漂亮极了，罗德觉得自己之前从来没有见过这么漂亮的脸蛋。她垂到肩上的粗辫子上还点缀着几片红叶。敏妮塔琪在独木舟中站直身子，打量着罗德，微笑起来。罗德彬彬有礼地摘下帽子，向敏妮塔琪挥帽致意——不巧的是一阵疾风把他的帽子刮走了。顿时，敏妮塔琪和瓦比哈哈大笑起来,连沉默寡言的穆阿奇也笑了起来。这个小小的意外事件一下子把他们之间的距离给拉近了,罗德也忍不住跟着笑了起来,这时候敏妮塔琪划着独木舟往水面上的帽子那儿驶去。

"天还不太冷,你完全没必要戴帽子啊!"敏妮塔琪一边说着,一边把捞上来的帽子递给罗德,"瓦比也是天不冷就戴帽子,可是我不戴!"

"那我也不戴了!"罗德干脆地答道。瓦比再次哈哈大笑起来,罗德和敏妮塔琪同时涨红了脸。

到了驿站之后,罗德就住在瓦比家中。第一个晚上,罗德就发现,瓦比早已把冬季的打猎计划全部制订好了。在分给罗德居住的那个房间里,摆放着分给罗德的整套装备——一支寒光闪闪的五连发雷明顿长筒猎枪,这支猎枪跟瓦比的猎枪一模一样;一支长筒大口径左轮手枪;一双雪地靴;一打其他的生活必需品。这些东西对于荒野中的长途探险活动来说是必不可少的。瓦比还画出了打猎的路线图。驿站附近也生活着一些狼,但是由于经常遭到印第安人和驿站居民们的追捕,它们已经变得非常狡猾了,并且所剩的数量也不多了。但在东北方向一百英里之外的荒野那里,很少有人涉足,因而有大量的狼群,那些狼群在那儿追杀驼鹿、驯鹿和麋子。

瓦比计划冬季就在那片区域打猎。事不宜迟,他们马上就得动身出发,因为他们必须在冬季的大雪到来之前把木屋给建造好,只有这样,才可以在那儿度过酷寒的冬季。他们很快就决定好了,一周之内就出发,罗德、穆阿奇和瓦比三个人一起去。穆阿奇是已经死去的瓦比古恩的表弟,瓦比有时候喊他"老穆";从瓦比记事时起,他一直都是一个忠诚的老伙计。

在动身之前的这六天里,敏妮塔琪给我们的这位少年英雄罗德讲解了很多森林中的常识;与此同时,瓦比则在大哈德逊湾公司的商店中处理了好几天的事务,因为他父亲有事去亚瑟港了。无论在划独木舟的时候、练习枪法的时候,还是在识别森林动物的足印的时候,敏妮塔琪的一举一动都让罗德十分喜爱。敏妮塔琪弯下腰去查看野兽新近留下的足迹时,双颊绯红,眼睛明亮,激动不已,浓密的头发在温暖的阳光下泛着光泽,这让十八岁的罗德心潮澎湃。他不止一次在心里说道:"敏妮塔琪可真是一个漂亮的姑娘!"有好几次,他把这个想法告诉了瓦比,瓦比非常认可他的看法。事实上,没过几天,敏妮塔琪和罗德就成了亲密的朋友。动身出发的那天早晨,罗德不免有些许的伤感。

那天早上敏妮塔琪起床很早。一般情况下,罗德起床都要比敏妮塔琪早,但这天早晨,敏妮塔琪比他早起了半个小时。罗德穿衣服的时候,听到敏妮塔琪在外面吹口哨——只有敏妮塔琪一个人能吹出这种别致的口哨,这让他羡慕不已。等罗德出门后,敏妮塔琪已经消失在了森林里。瓦比也起得比罗德早,这时候瓦比正忙着跟穆阿奇一起把装备和日用品往包裹里装。这天早晨天气非常好,天空晴朗,到处结了霜,罗德发现湖面上还结了薄薄的一层冰。有两次,瓦比转过身,冲着森林喊了两声,但敏妮塔琪没有回应。

"我不明白,为什么敏妮塔琪还不回来呢?"他一边漫不经心地说着，一边捆绑着一个包裹，"早饭马上就要好了。罗德，你去喊她回来吃饭，好吗？"

罗德迈着轻快的步子，满心欢喜地沿着敏妮塔琪最常走的那条小路向前跑去。很快，他就到了一片遍布鹅卵石的河岸边，敏妮塔琪常常在这个地方解下她的独木舟。很明显，几分钟前敏妮塔琪到过这儿，因为独木舟附近的薄冰已经破裂了，这是敏妮塔琪在测试冰的厚度。倾斜的河岸上还留着敏妮塔琪的脚印，罗德沿着脚印，来到了森林边。

"嘿！敏妮塔琪——敏妮塔琪——"

罗德大声喊了几声之后，停下来侧耳倾听。没有任何回应。直觉告诉罗德，事情有些不妙，于是他沿着敏妮塔琪走过的小路匆忙往森林深处赶去。五分钟过去了……十分钟过去了……他再次呼喊起来。仍然没有应答声。也许敏妮塔琪没有走这么远？也许她根本就没有沿着小路走，而是直接拐进了茂密的森林里？又往前走了没多远后，他发现小路上有一片泥土非常松软，这是一棵枯死的大树朽烂之后所形成的泥土。在这片松软的泥土上有一双脚印，正是敏妮塔琪的鹿皮靴留下的。足足有一分钟，罗德都站在旁边，仔细聆听着，不敢发出一点声音。他为什么不敢发出声音？这是他自己也无法解释的事情。他知道，现在的位置离驿站有半英里远，敏妮塔琪在早饭之前跑到这儿绝对是不正常的事情。在这片刻的静默之中，他不自觉地查看着地面上的脚印。这位印第安少女的脚印可真小啊！他同时还注意到，她的鹿皮靴上有一个小鞋跟，而大多数的鹿皮靴是没有鞋跟的。

但是,旋即,他的查看活动被打断了。他好像听到远处有呼救声!他急忙屏住呼吸,但立马激动起来,撒腿沿着小路往前跑去,像只逃命的小鹿似的。又往前跑了二十竿远,小路的前方出现一片森林空地,这片空地是一场森林大火造成的,空地上所发生的情景让罗德顿时脊背发凉。敏妮塔琪就在空地上!她长长的头发散乱地披在背后,头上被缠了一条布带,两个印第安人架着她的两只胳膊往前面的森林中走去!

罗德惊呆了,久久站在那里,不知道该怎么办。等他缓过神后,立马绷紧了浑身的肌肉。几天以来,他一直都在练习手枪射击,而现在,手枪就在自己腰间的枪套中。他该开枪吗?会不会打中敏妮塔琪呢?他发现脚下有一根木棍,于是他抄起木棍,飞也似的穿过空地——松软的地面竟然没有发出声音!等他离两个印第安人只有几码远的时候,敏妮塔琪突然使劲扭动着想挣脱,一个印第安人半转过身子准备抬起敏妮塔琪的脚的时候,发现了举着棍子的愤怒的罗德。罗德大喊一声,冲了上去,那个印第安人大叫着向同伙发出警告之后,一场恶战就展开了。罗德抡起木棍,狠狠砸在第二个印第安人的肩膀上;还没等罗德把木棍收回,第一个印第安人已经从后面掐住了罗德的脖子。

罗德出其不意的袭击让敏妮塔琪获得了解救,她撕掉缠在嘴巴和眼睛上的布带,很快就明白了局面。在她脚下,一个受伤的印第安人正准备站起身,这个印第安人身旁的地面上,罗德和另外一个印第安人扭打在一起。看到那个印第安人死死抓着自己的救命恩人的喉咙,敏妮塔琪一下子脸色苍白。她怒目圆睁，大吼一声，抢起罗德丢在地上的木棍，冲着红皮肤印第安人的脑袋狠狠砸了下去。她收回木棍，第二次、第三次砸下去，印第安人掐在罗德喉咙上的手终于松开了。敏妮塔琪第四次抢起木棍的时候，另外一个印第安人的大手从后面卡住了她的喉咙，她尚未发出的吼声顿时变成了急促的喘息声。但是，罗德在刹那间获救了。罗德挣扎着把手伸到枪套那儿，抽出手枪，对着身边的印第安人开了一枪。随即响起一声沉闷的枪声和一声痛苦的尖叫声，印第安人仰面摔倒在地。另外一个印第安人听到枪响后，扭头一看，发现同伴已经摔倒在地，便急忙松开敏妮塔琪，往森林中逃去。罗德看到敏妮塔琪抽搐着哭泣，惊恐不已，就忘记了一切，跑到她身边，把她背后的头发捋平，像个男子汉似的安慰起她。

五分钟后，瓦比和穆阿奇在这里找到了他们。听到罗德的第一声怒吼后，俩人便急忙奔向森林中；尔后，敏妮塔琪又发出了两声怒吼，他们循着声音找到了这儿。紧随着他们赶来的是驿站的两名雇员，他们发现有了麻烦，便跟了上来。

绑架活动、罗德的英勇行为，以及一名武诺咖人被击毙的消息在驿站上引起了整整七天的恐慌。

两位年轻的捕狼人没心思离开驿站了。很明显，武诺咖人重新出现在驿站附近了。罗德、瓦比和十几名印第安猎人连续几天都在附近的森林和沼泽中寻找武诺咖人。但武诺咖人突然间就消失了，正如他们突然间就出现了一样。直到敏妮塔琪保证她再也不会单独去森林里之后，瓦比才重新开始考虑他们被中断的计划。

　　敏妮塔琪遭受袭击的地方其实不算远，如果她大声呼救的话，驿站上的人肯定能听到，但是，武诺咖人悄悄地从后面扑到她身上，直接卡住她的脖子，让她喊不出来，然后用布带缠住她的嘴巴和眼睛，架着她，把她拖走，并且胁迫她在罗德看到的那片松软的泥土上单独走过。这样一来，但凡看到敏妮塔琪脚印的人都会误认为她是一个人，也就是说，认为她没有出事。这件事对驿站上的居民刺激很大，十几户白人家庭主动采取行动，委派四个印第安猎人专门寻找那帮暴徒。这四个猎人在驿站周围方圆二十英里范围内到处寻找武诺咖人。采取这些措施之后，人们才认为驿站上包括敏妮塔琪在内的少女们的安全得到了保障。

　　终于，在十一月的第一个星期一，也就是十一月四日这天，罗德、瓦比和穆阿奇踏上了赶往北方的冒险征程。

第四章　罗德初次体验猎人生活

这时候天气已是刺骨的寒冷。湖泊和河流上都结了厚厚的冰，地面上盖着一层薄薄的雪。因为意外事件，他们已经比原定的日期延迟了两个星期才出发。他们焦急地前行到尼皮贡湖的最北边之后，在第六天抵达了奥姆巴贝卡河。他们在这儿停了下来，因为风雪实在太大了。他们搭建了一处临时营地，就在搭建营地的时候，穆阿奇发现了狼的踪迹。于是他们决定在这儿停留上一两天，在这片追猎场地中查看一番。第二天早晨，瓦比开枪射伤了一只公驼鹿，几个小时后这只公驼鹿就悲惨地死掉了。同一天上午，瓦比和罗德往北走了很远很远，希望能发现优质的猎场，或者说，找到狼多的地方。

这时候就只剩下穆阿奇一个人在营地里。在此之前，他们一直计划着在大雪到来之前赶尽可能多的路，因此他们一直没有停下来打猎，这六天以来他们在路上的唯一食物就是咸肉和鹿肉干。穆阿奇的食量非常大，他对吃东西的欲望仅次于对打猎成功的欲望。穆阿奇决定趁着两个少年不在营地的当口儿，去打些猎物，增加他们的食物储备。于是，过了大半晌，他离开营地去打猎了，他计划着不到半个小时就回来。

他肩上搭着两个结实的捕狼夹。他小心翼翼地沿着河边往前走,眼睛和耳朵机警地留意着猎物,然后突然遇到了一具冻结的赤鹿尸体,尸体有一半都被吃掉了。很明显,这只赤鹿是在今天白天或者昨天夜里的时候被狼群咬死的。根据雪地上的足迹,穆阿奇判断出,至少有四只狼参与了这场屠杀,并且这些狼很有可能今天夜里还会返回到赤鹿这儿。作为一名经验丰富的猎人,穆阿奇对自己的判断深信不疑。他在这儿停留了好久,把捕兽夹设置在这儿,然后又在捕兽夹上盖了三四英寸①的雪。

他继续往前寻找猎物,不久发现了一处鹿的足迹。他认定这只鹿在深雪里还没离开多远,于是沿着足迹快速追赶起来。往前走了半英里后,他突然极为惊讶地"啊"了一声,然后停下脚步——另外一名猎人也在追赶这行足迹!

穆阿奇顿时谨慎起来,他继续往前追赶。往前走了两百英尺之后,他发现又有一双鹿皮靴也加入这场追踪之中;片刻之后,他又发现了第三双鹿皮靴留下的足迹!

穆阿奇悄声但迅速地在森林中追赶起来,与其说他是想和别的猎人争抢猎物,倒不如说他是出于好奇。等他从一片浓密的云杉林中走出来后,他在这行足迹上发现了他所追赶的这只鹿的尸体——这把他吓了一大跳。他粗略查看了一下,发现这只母鹿至少是在两个小时前被人用枪打死的。猎人们取走了它的心脏、肝和舌头,还有它的臀部,尸体的剩余部分和鹿皮还留在这儿!为什么母鹿身上最贵重的部分反而被他们忽视了呢?穆阿奇眼中闪现出新的好奇的光芒,于是他仔细地

①英寸:英美制长度单位。1英寸约为2.5厘米。

检查了一遍鹿皮靴留下的脚印。他很快就发现，在自己前面的这三个印第安人是在匆忙地赶路，他们把母鹿身上上好的肉割掉之后，就小跑着继续赶路了，他们要把耽搁的时间弥补上！

穆阿奇再次惊讶地"啊"了一声，然后回到母鹿的尸体旁。他很快就剥掉了鹿皮，然后把鹿的身体裹在鹿皮中，扛起来，往营地赶去。他抵达营地时，天已经黑了，但瓦比和罗德还没有回来。他生起一大堆火，开始做饭，焦急地等候着瓦比和罗德归来。

半个小时后，他听到瓦比呼喊的声音，于是他飞速赶到瓦比那儿，发现瓦比正双手抱着罗德，罗德已处于半昏迷状态。

在穆阿奇的帮助下，瓦比很快就把受伤的罗德抬回了营地。在棚屋中，罗德被裹在几层毯子中，温暖的篝火烘烤着他，过了一会儿，他苏醒了。直到这时，瓦比才开口和老印第安人穆阿奇说话："我怀疑他的一只胳膊断了！穆阿奇，你有热水吗？"

"被枪打的？"穆阿奇答非所问。穆阿奇蹲在罗德身旁，忧虑地伸出长长的棕色手指，接着问道："被枪打的？"

"不是，是被一根木棍打的。我们遇到了三个印第安猎人。这三个印第安人当时正在营地里，热情地邀请我们跟他们一起吃东西。正当我跟罗德吃东西的时候，他们从我们身后袭击了我们。罗德被木棍打成了这个样子，并且，他的猎枪也被抢走了！"

穆阿奇很快就扒掉罗德的衣服，让他左边的胳膊和半个身子露出来。这只胳膊已经肿胀了,颜色发青;腰部以上也有很多的伤痕。穆阿奇是一名无师自通的医生,大自然是他的老师,荒野中的生存环境让穆阿奇掌握了不少外科医疗技能。他粗略地检查了一遍罗德的身体,在罗德的身上揉捏了几下,罗德疼得哇哇大叫,这时候穆阿奇很高兴地说道:"骨头没有断!伤得最严重的是这儿!"他摸了摸罗德身上的伤痕,"差点把肋骨弄断了,不过还没有!他太疲倦了,也太劳累了。好好吃顿晚饭,喝些热咖啡,用熊油把伤痕擦一擦,就会好多了!"

这时罗德睁开眼,露出一丝笑容,瓦比看到后高兴地欢呼起来。

"没有我们想的那么严重,罗德!"他说道,"你糊弄不了穆阿奇!如果他说你的胳膊没有断,那就肯定没有断。我把你扶起来!毯子别掉了!等一会儿就吃晚饭,一吃饭你就不疼了!我闻到肉味了!很嫩的肉!"

穆阿奇咯咯笑着站起身,走出棚屋,来到正在慢慢炙烤着肉块的火堆边。肉已经被烤成了深褐色,往下滴着肉汁,空气中弥漫着浓郁的肉香味。瓦比按照穆阿奇所说的,把熊油涂抹在罗德的伤口上,给他的胳膊打起绷带。刚把这一切弄完,穆阿奇就把晚餐摆放好了。

罗德面前摆放了很多肋肉、夹肉玉米饼和一杯热气腾腾的咖啡,罗德忍不住高兴地笑了起来。

"瓦比,我真觉得惭愧!"他说道,"我惹了这么多麻烦,我就像个无能的小孩子似的。可是我现在已经没有胳膊断了的借口了,现在我像一只饥饿的黑熊一样!肉看起来油亮亮的,是吧?之前我差点被吓死了!可是,我当时真的以为自己的胳膊断了呢!"

穆阿奇正好把一块很大的肋肉塞进嘴里,听了罗德的话,又把肋肉放下来,咯咯地大声笑起来,半张脸都油乎乎的。

"你再伤得严重一些就行了!"他说道,"更严重一些!那样你吃多少就会吐多少!"

"哈哈!"瓦比尖叫道,"如果是那样就太好了,罗德!"他欢快的笑声在夜色中传到很远的地方。突然,他停止大笑,心事重重地往火光之外的黑暗中打量起来。

"他们会不会跟踪我们?"他问道。

顿时,三个人沉默起来。瓦比赶忙把白天的惊险经历详细告诉了穆阿奇:他们是如何在河对岸几英里远的森林深处遇到三个印第安猎人的;这三个印第安猎人看上去是如何忠厚和热情;然后在他们吃东西的时候,这三个印第安猎人又是如何袭击自己和罗德的;他和罗德又是如何遇到狼群并死里逃生的。印第安猎人的袭击太出人意料了,因此,还没等罗德反抗,他的猎枪、子弹带和手枪就全部被一个印第安猎人抢走了。瓦比被另外两个印第安人摁在了地上,罗德过来帮忙的时候,被狠狠地重击了两下——要么是木棍打的,要么是枪托打的。瓦比死死抱住自己的武器不松手,两个印第安人抢夺了一番之后,便飞也似的逃进丛林中了。很显然,他们对从罗德那儿抢走的装备很满意。

"他们是武诺咖的手下,这是毫无疑问的。"瓦比最后说道，"但让我疑惑不解的是，他们为什么不杀死我们呢？他们有几次冲我们开枪的机会，但他们似乎并没有要伤害我们的企图。要么是因为现在驿站采取了对他们进行改造的政策，要么是——"他停下来，显得很焦虑。

穆阿奇也赶忙把自己下午遇到三个追赶母鹿的印第安人的神秘脚印的事情，以及那只被屠杀的母鹿的事情告诉了瓦比和罗德。

"这真是太奇怪了！"瓦比听完后感叹道，"他们不会是我们遇到的那三个人，但我敢肯定，他们都是武诺咖的手下。如果我遇到了撤退的武诺咖人的话，我一点也不会觉得惊讶。我们一直都以为武诺咖人在西方的雷音湾那儿，父亲此刻就在那儿寻找他们。可我们却在这里捅到了马蜂窝。穆阿奇，我们现在唯一应该做的，就是尽快离开这个是非之地！"

"我们现在最好乱开一通枪！"罗德提议道，然后他看了看河对岸漆黑的森林——黑乎乎的森林里，月光看起来格外神秘。

他的话还没说完，身后传来一个微弱的声音——像是什么动物在云杉的树枝间轻轻走动的声音，然后是动物好奇而疑惑地嗅着空气的声音，之后，是低低的呜呜声。

"听！"

瓦比紧张地低声说道。他把身子探到枝条边，轻轻拨开枝条，慢慢把脑袋探到分开的枝条间。

"嘿，沃尔夫！"他轻声问道，"怎么回事？"

在一臂之外的一棵小云杉树下，站着一只瘦削的看起来很像狗的动物——它绷紧了身体，侧耳聆听着什么。不管是谁,只要看上一眼,就会明白,它绝不是一只狗,而是一只成年的狼。从它还是幼崽的时候开始,瓦比就按照驯养狗的方式来驯养它,但它身上野蛮的本性仍然顽固地保留着。如果不是它脖子上的项圈或者把它拴在树上的皮带足够结实的话,这只名叫沃尔夫的狼肯定早已高兴地钻进森林中去寻找自己的同伴了。此刻,它脖子上的皮带绷得紧紧的,沃尔夫把脸半朝着天空,耳朵机警地聆听着,喉咙里发出很低很低的呜呜声。

"我们营地附近有什么东西!"瓦比一边说着,一边飞快地转身,"穆阿奇——"

话还没说完,那只被拴在树上的狼发出了一声悠长而悲戚的嚎叫。

穆阿奇像只敏捷的猫似的,一下子站起身来。此刻,他手中端着猎枪,悄悄走到云杉树下,隐藏在黑暗之中。罗德静静地伏下身,瓦比则抓起猎枪,跟着穆阿奇走过去。

"趴在黑暗的地方,这样你就不会暴露在火光之中!"瓦比低声说道,"很可能只是什么动物无意中到了我们营地附近,但是,我们还是要以防万一。"

十分钟之后,瓦比一个人回来了。

"虚惊一场!"他哈哈大笑道,"不远处的小河边有一具只剩下半个身子的赤鹿的尸体。赤鹿是被狼咬死的,沃尔夫嗅到了赤鹿身上发出的自己的同伴的气味。穆阿奇在那儿设置了几个捕兽夹,明天早晨,我们就会得到此行的第一张狼的头皮。"

"穆阿奇现在在哪儿?"

"在那儿看守着。他会看守到子夜时分,然后我过去和他换。我们一定要小心一些才行。武诺咖人就在附近。"

罗德艰难地挪动着自己的身子。

"我们明天干什么呢?"

"出发!"瓦比斩钉截铁地说道,"如果明天你能走动的话。从穆阿奇告诉我们的事情和咱俩的经历可以推断出,武诺咖人肯定就在河对岸的森林中。我们得沿着奥姆巴贝卡河往前走个两三天,然后再扎营。明天天一蒙蒙亮,你和穆阿奇就出发。"

"那你呢?"罗德问道。

"我? 我得沿着我们今天留下的足迹回去,把已被射杀的狼的头皮收了。那抵得过你一个月的工资了,罗德! 现在,我们回棚屋里吧。晚安! 睡个好觉! 明早要早点起来。"

两个少年早已被白天的事情搞得精疲力竭了,因此他们很快就进入了梦乡。子夜时分到了,一个小时又一个小时过去了,忠厚的穆阿奇却一直没有唤醒他们,然后天就破晓了。整整一夜,穆阿奇都在营地附近不知疲倦地看守着。天刚刚亮,他就生起了一大堆火,从火堆中扒出很多通红的木炭,开始做早饭。瓦比从沉睡中醒来时,发现穆阿奇正忙着做饭。

"我没想到你一直没喊我,穆阿奇。"瓦比一边说着,一边显得很难为情,"穆阿奇,你真是太好了,可是,我希望你以后不要再把我当作小孩子看待了。"

瓦比动情地将手搭在穆阿奇的肩上,老猎人抬起头看了看他,饱经风霜的脸上露出满足和快乐的笑容——将近半个世纪的荒野生活让他脸上满是皱纹和沧桑。瓦比还是一个婴儿时，穆阿奇就把他背在肩上去树林里；在瓦比的童年时期，穆阿奇一直都陪伴着他，逗他玩，照顾他，教他荒野生活的知识。当瓦比离开家去学校上学的时候，他最思念的两个人就是穆阿奇和妹妹敏妮塔琪了。沉默寡言的红皮肤老印第安人穆阿奇心中装满了对瓦比和敏妮塔琪的爱，他就像兄妹二人的第二个父亲一样，时时刻刻都照顾和陪伴着兄妹二人。穆阿奇辛苦地站了一夜的岗，但此刻仅仅是瓦比把手搭在他肩上这么一个简单的动作，就足以让穆阿奇觉得自己的付出是值得的，他低声地略略笑了两三声。

"你昨天的运气实在是太糟糕了。"穆阿奇说道，"并且你也实在是太疲劳了。我一夜没睡倒是挺好的，感觉比睡觉还舒服！"他站起身，把炙烤着肉块的长长的叉子递给瓦比，"你在这儿烤肉吧，我去看看捕兽夹。"

罗德此时也已醒来，他听到了俩人最后的谈话内容，于是在棚屋中喊道："稍等我一下，穆阿奇！我要跟你一起去。如果你真的逮住了狼，那么我想去看看。"

"肯定逮住狼了。"老印第安人穆阿奇答道。

几分钟后，罗德出了棚屋，他已经穿好了衣服，脸色比昨天睡觉前好多了。他站在火堆前，伸展了一下一只胳膊，然后又伸展了一下另外一只胳膊，脸上露出略微痛苦的表情。他对焦虑的同伴说，自己看起来已经完全康复了，虽然胳膊和身体的某些部位仍然很疼痛。

瓦比告诉他，慢慢地走上几步，就会"找到感觉"。于是，罗德跟着穆阿奇沿着小河向捕兽夹走去。这天早晨天色阴沉，偶尔飘下来几片雪花,很显然,今天天黑之前,暴风雪将会到来。穆阿奇设置的捕兽夹离营地不到八分之一英里远,俩人正沿着小河的河湾走,穆阿奇突然停下脚步,露出非常满意的表情。罗德顺着穆阿奇的手指的方向望去,看到不远处的雪地里躺着一个黑色的东西。

"逮住了!"穆阿奇高声说道。

他们一步步走近,那个黑色的东西看起来也越来越像是一个活着的动物了,它在雪地里扭动着身体挣扎着,好像痛不欲生似的。片刻之后,俩人走到了这只被捕获的猎物附近。

"是只母狼!"穆阿奇说道。

穆阿奇攥紧了随身携带的那柄斧头,走到离蜷缩着的猎物不到几英尺远的地方。罗德看到,几个捕兽夹中,有一个夹住狼的一条前腿,另外一个则夹住了狼的两条后腿。这只母狼已完全丧失了逃生的可能性。它蜷缩在那儿,一副闷闷不乐的样子,但很镇定,白色的牙齿无声地闪烁着微光,发出挑衅的咆哮声,用痛苦和愤怒的目光打量着来人。它身体瘦弱,肚子饿瘪了。穆阿奇每走近一步,它就颤抖一下,显然非常害怕。罗德看到母狼这副样子,一下子生出怜悯之心来,但他旋即想起了前一天晚上他和瓦比从狼群面前死里逃生的事情来。

穆阿奇挥起斧头,张开嘴巴,怪异地笑起来——这种笑法,罗德只在穆阿奇脸上见到过。穆阿奇笑的时候通常是似笑非笑的样子,发出咯咯的声音,但笑声又有点像是咕咕的声音。这种笑声,罗德和瓦比就算苦苦学习上一个月,也学不会。

他们用了不到十分钟的时间就吃完了早饭。这时开始下雪了。如果三个人此时立马踏上征程的话，那么毫无疑问，到中午的时候，他们留下的脚印将全部被大雪覆盖住。在武诺咖人活动的地带遇到这样的天气，可真是天公作美的好事。另一方面，瓦比急着要在大雪覆盖掉他们留下的足迹之前回到落叶松林那儿。如果瓦比跟他们暂时分开的话，也不用担心彼此会失散，因为三个人商量好了，罗德和穆阿奇一直沿着冰冻的河流往前走。预计瓦比在黄昏之前就能赶上他们。

瓦比立刻带着猎枪、左轮手枪、刀子和一柄利斧离开了营地。十五分钟后，瓦比小心翼翼地来到了湖泊的尽头——那只公驼鹿和狼群发生决斗的地方就是在这儿。只看了一眼，瓦比就明白了那场决斗的结果。二十码之外的雪地上，他看到一大摊散乱的骨骼和一对巨大的鹿角。

瓦比站在曾经发生激烈决斗的场地上，心想，如果此刻罗德也在自己身边，那该有多好啊。英勇的公驼鹿就躺在那儿——不过它已经成了一副骨骼。雄赳赳的头颅和鹿角仍然在地面上——在荒野中摸爬滚打了这么多年的瓦比还是第一次见到这么大的鹿头。瓦比忽然想到，如果能把这个头颅保存下来，带回文明开化地区，肯定能卖上好价钱。显而易见，驼鹿在这里与狼群进行了惨烈的搏斗。五十英尺之外，是一只狼的骨架，并且，另外一副狼骨的大半部分都被压在驼鹿的身子下。瓦比把两只狼的头皮剥掉，然后继续往前走去。

在湖畔走了一半路时——也就是在他当初开了最后两枪的地方，他发现了另外两只狼的骨骼。在云杉林的边缘，他又发现了一只狼的骨骼。显然，最后这只狼是在很久之前就受伤了，然后被狼群咬死了。他又往云杉林中走了半英里，到了冲着狼群连发五枪的地方，他发现了两只狼的骨骼。等他准备返回营地时，他已经剥掉了七只狼的头皮。

瓦比再次在驼鹿的残骸边停下来。瓦比知道，印第安人常常把驼鹿头和驯鹿头冷冻起来过冬，他脚下的驼鹿头能卖个好价钱。但如何才能把驼鹿头完好地保存到自己返回之时——也就是几个月之后？要是平时在营地里，他肯定会把它挂在树枝上，但他现在绝不能这么干，因为这样的话，鹿头肯定会被路过的猎人偷走，或者在开春天气变暖时腐烂掉。他突然想到了一个好办法。为什么不把驼鹿头保存在白人猎人们所说的"印第安人的冰箱"中呢？他立马行动起来。为了把这只硕大的鹿头拖到落叶松林中，他颇费了一番力气。他在被树木遮挡得很严实的地方仔细地查看了一番。鹿头有些地方已经被狼群啃烂了，但瓦比在驿站上见过比眼前的这个还要烂得多的鹿头在被印第安人巧妙地修补一番之后依然被卖出去的事情。

在一棵茂密的云杉树下，阳光射不进来，瓦比挥起斧头开始工作了。他花了四十多分钟才在冰冻的土地上挖了一个三英尺深的坑，这个坑是正方形的，有四英尺见方。他在坑底铺了两英寸的雪，然后用枪托把雪砸得很瓷实。接着，他把鹿头放在坑底，用雪把鹿头埋起来，之后，又往坑里填上土，用脚在填进去的土上仔仔细细地踩了好几遍。等一切都完成之后，他又用雪把遗留下来的痕迹覆盖住，用斧头在两棵树上砍了几下，作为标记，然后就去追赶罗德和穆阿奇了。

"如果能卖上一百美元，那么我们每人就能分到三十美元。"他一边匆匆往奥姆巴贝卡河赶去，一边默默地在心中盘算着，"到明年六月份之前，埋鹿头的地方都不会解冻的。干了一天的活，获得了一个鹿头和八张狼的头皮，每张头皮值十五美元，挺划算的，罗德！我的老伙计！"

瓦比离开罗德和穆阿奇已经整整两个小时了。雪一直在不停地下着，等瓦比赶回营地时，罗德和穆阿奇留下的脚印大部分已经被掩埋掉了，很显然，他们俩已经离开营地很长时间了。

冒着纷纷扬扬的大雪，瓦比疾步追赶而去。因为风雪太大了，前方十码远的地方就什么都看不清楚了，有时候连河流的对岸都看不清楚。虽然离开了武诺咖人活动的地带，但情况并不见得会好转。瓦比一边走一边想着，到黄昏之前，还要沿着河流走好多英里的路，届时，大雪将会把他们之前留下的脚印全部掩盖掉，他们的行踪也就不会暴露了。整整两个小时，瓦比都不知疲倦地赶着路，后来，越往前走，罗德和穆阿奇留下的脚印就变得越清晰。但雪下得太大了，要是猎人路过这儿，肯定会认为这些脚印是驼鹿或者驯鹿留下的。

三个小时快过去了，瓦比掐指算了一下，他至少已经走了十英里。瓦比停下来休息，开始吃午餐——午餐是早晨他离开营地时随身携带的。他为罗德的耐力感到吃惊。穆阿奇和罗德仍然在自己前方三四英里远的地方，这是毫无疑问的事情，除非他俩也停下来吃午餐了。然后，他又想，他俩此刻正在吃午餐的可能性还是非常大的。

周围安静极了,连一声鸟鸣都没有。良久,瓦比像根木头似的坐在那儿一动也不动,他一边休息着,一边侧耳倾听着。今天这一天太奇怪了,也太让人痴迷了。整个世界都像是被封闭了起来似的,此时,连森林中的野生动物都不敢出来,大自然的鬼斧神工将奥姆巴贝卡河到哈得逊湾之间辽阔的土地变成了一个银装素裹的世界。

　　这时瓦比突然听到一个声音,不禁吓得"啊"了一声。这是一声枪响!一声很清晰的枪响!紧接着,又响起了第二声枪响,然后是第三声枪响,总共连续响了五声!

　　这是怎么回事呢?瓦比匆忙站起身,心怦怦跳个不停,绷紧了身子,准备随时应战。他敢断言这是穆阿奇的猎枪发出的枪声,可是,穆阿奇绝不会冲着猎物开枪啊!因为他们之前已经这样约好了。

　　是不是罗德和穆阿奇遭受袭击了?瓦比立马动身,像只轻捷的小鹿似的,往前追赶而去。

第五章　荒野中的神秘枪声

瓦比一边往枪响的方向飞奔而去，一边像以往那样留意着风向。他非常激动，他明白，一点时间也不能浪费掉，他很可能会迟到一步，帮不了自己的同伴。连续五声枪响之后，一切又恢复了平静，这倒让瓦比格外担心起自己是否会迟到。他一边跑着，一边急切甚至是虔诚地倾听着有没有其他的声音——比如搏斗的声音、穆阿奇的手枪的声音，或者胜利者的欢呼声。如果有埋伏的话，那么现在肯定一切都完蛋了。每过一分钟，他的这种想法就更确定一些。他把枪口朝上端在身前，手扣着扳机，睫毛上沾了很多雪，在迷蒙的风雪中匆忙前行，嘴里发出呜咽般的声音。

　　前方，河流变得越来越窄了，几乎消失在一片耸立着的雪松林下面。茂密的树林使天地间更加幽暗，此时，北方地区的暮色开始降临了——在这些地区的十月份，天黑得很早。在踏上雪松林里幽暗的小路之前，瓦比久久地伫立在那儿，侧耳倾听。他什么也没听到，却听到了自己的心跳声，胸中像是有一把小锤子在不停敲打着似的。这样的寂静太压抑了。他听的时间越长，就越是被一种神秘的力量往后拖。他不害怕，也不缺乏勇气，但是——在雪松林中，在幽暗的雪地里，究竟秘密地潜伏着什么呢？

在本能的驱使下，瓦比一下子瘫倒在地上——他就像只动物似的，失去了理智。他什么也没有看到，什么也没有听到。他紧紧蜷缩在地上，像一只伺机等待着什么的狼似的，良久才缓过神来，把猎枪举起，对准幽暗的密林深处，表情严肃而认真。什么东西正在朝他走来——它走得非常小心、非常谨慎，也非常缓慢。瓦比觉得自己的生命就取决于这个正走向自己的东西，但为什么是这样，他却解释不了。他在雪地中蜷缩成一团。他的双眼中闪着激动的光芒。一分钟又一分钟过去了，依然没有什么声音传来。然后，从雪松林间幽暗的道路上，传来一只灰噪鸦惊恐的叫声。多年的经验告诉瓦比，他必须得警惕起来才行。或许这只灰噪鸦是被流浪的狐狸惊吓住了，也或许是驼鹿、驯鹿或赤鹿走近它时把它吓飞了。

可是，对于瓦比来说，这只灰噪鸦的叫声意味着附近有人！他顿时站起身，飞快地走到岸边的雪松树下。他从这儿开始小心翼翼地往前走，紧贴着冰冻的河流。又过了一小会儿，他再次停下来，躲藏在一棵倒伏在地的树的树根后面。前方，他看得到雪松之间幽暗的积雪，不论从那儿的幽暗处走出来什么，都必须经过离他几码远的地方。每过一分钟，他就更激动一些。他听到一只红松鼠吱吱的叫声，比刚才灰噪鸦的声音更近一些。有一次，他觉得自己听到了两个东西撞击在一起的声音，好像是一杆猎枪的枪筒碰到了一棵树的干枯的树枝似的。

突然，瓦比觉得自己看到了什么——从幽暗的积雪中走出来一个模糊的影子，然后消失了，然后又走出来了。他伸出戴着连指手套的手,擦掉眼睛上的水和雪,死死盯着前方。那个影子再次消失了,然后又出现了,却比刚才更清晰也更大了一些。现在,事情很明了了,灰噪鸦正是被那个悄无声息、慢慢走来的东西吓到了。

瓦比把猎枪举到肩上。自己是生是死,就取决于自己扣在扳机上的那根颤抖而裸露的手指了。丰富的荒野生活经验告诉他,现在还没有到开枪的时机。一码又一码,那个影子越来越近了,然后那个影子分成了两个影子。瓦比现在能看清楚了,他们是两个人。那两个人身体略略向前倾着,正小心翼翼地往前走,好像害怕前面会闪出敌人来似的。瓦比高兴极了。毫无疑问,穆阿奇和罗德仍然活在世上! 因为,如果武诺咖人已经成功袭击了穆阿奇和罗德的话,他们就没必要这么小心翼翼了。但旋即,他突然产生了另外一种想法,脊背立马一阵发凉。自己的两位伙伴可能已经遭受伏击身亡了,现在,这两个武诺咖人沿着他们的脚印往回赶,想把自己也杀害了! 事情会不会是这样的?

瓦比慢慢地、慢慢地将手指扣紧了猎枪的扳机:"他们再往前走十几码,我就——两个人影突然停了下来,凑在一起,似乎在商量什么事情。他们离自己不到二十码远了,瓦比放低猎枪,仔细倾听起来。他听到两个人若有似无的谈话声。然后,他听到其中一个人影不小心用较大的声音回答了一声:"好!"

显然,这不是武诺咖人说的英语! 听起来像是——一刹那,瓦比轻轻喊出声来:"喂! 穆阿奇! 老穆! 罗德!"

旋即,三位猎人拥抱在一起,默默地握着彼此的手。罗德苍白的脸和穆阿奇与瓦比绷得紧紧的青铜色的面容都表明，三个人刚才着实紧张得厉害。

"你开枪了？"穆阿奇低声问道。

"没有啊！"瓦比惊讶地睁大眼睛回答道，"你也没开枪？"

"没啊！"

穆阿奇吐出这两个字后，三个人重新紧张起来。那是谁开的枪？三个人面面相觑，都说不出话来。穆阿奇默默地伸手指了指雪松林外的水面上较为宽阔一些的河道。很显然，他认为枪声是从那儿传来的。但瓦比摇了摇头。

"那儿没有路，"瓦比低声说道，"也没有人过河。"

"我想他们在那儿！"罗德一边说着，一边指向森林里面，"但穆阿奇说他们不在那儿。"

良久，三个人都伫立在那儿侧耳倾听。他们听到从森林后面半英里远的地方传来一只孤狼的嚎叫声，瓦比一下子兴奋起来，他看了看穆阿奇，说道："那是狼发现人时发出的嚎叫。那只狼发现了人走过的脚印，但不是我走过的！"

"也不是我们的。"罗德答道。

这声狼嚎，是渐渐降临的夜色中响起的唯一的声音。穆阿奇转身往前走去，瓦比和罗德跟在他身后。他们沿着河边又走了四分之一英里后，河流变得更窄了，从一块块石头之间穿过。这些石头堆得很高很高，形成了荒芜而陡峭的小山，再往前走一段路程的话，这些小山就变成山峦了。三位猎人此时已经不能够继续沿着湍急的河流往前走了。一堵高大的石壁上有一个缺口，三个人从这个缺口穿过，往前走去，两边林立着很多高大的石头。十分钟后,他们攀登到了山顶,在一块大石头的后面,有一堆篝火的余烬。这里是穆阿奇和罗德扎营的地方,他们听到枪声后,就是在这儿等待瓦比的。跟瓦比一样,他们当时也认为枪声来自伏击的武诺咖人。

紧靠着大石头,有一座舒适的棚屋。火堆的旁边,也就是穆阿奇听到枪响后趴倒的地方,有一大块炙烤过的肉。这是一处理想的宿营地。在风雪中艰难地跋涉了一整天之后,两位年轻的捕狼人的脸上同时洋溢出笑容,尽管他们明白敌人就潜伏在附近。瓦比和罗德都把这里视作晚上休息的地方,已经点起了一堆火,突然,二人的目光被穆阿奇奇异的姿势吸引过去了。老勇士穆阿奇拄着猎枪站在那儿一动不动,一言不发,双眼盯着重新燃起的篝火,像在表示着异议。瓦比蹲在地上,询问似的看着他。

"不要再点火了。"穆阿奇终于开口了,同时还摇了摇头,"不能留在这里。到山的另一边去!"

穆阿奇站直身子,伸出一只胳膊,指着北方。

"河流沿着山岭延伸到很远的地方。河流喧哗着流过山间,进入沼泽,沼泽里有很多母驼鹿;然后河流又从山峦间穿过,再次变得宽阔而平缓。我们翻过山岭吧。大雪会掩埋一切。等明天早晨,武诺咖人就发现不了我们的脚印了。如果我们今晚留在这儿,明天早上出发时就会留下脚印,武诺咖人就很容易发现我们!"

瓦比站起身,颇有些失望。他一大早就开始赶路了,有时候甚至是一路小跑,现在他太累了,真想冒险在这里饱餐一

顿,然后美美地睡上一觉。罗德的状况更糟糕,虽然他走的路程没有瓦比多。两个少年四目相对,沉默了好一会儿,都对穆阿奇的提议表现出不乐意的情绪。但明智的瓦比还是同意了年老的领路人穆阿奇的提议,如果穆阿奇说他们有危险,那么他们就绝对不应该在这里过夜。瓦比明白,穆阿奇是他的部落里最伟大的猎人,穆阿奇就像一只警犬似的,他说的话绝对是真理。瓦比愉快地冲着罗德笑了笑——罗德此时最需要的就是鼓励了——然后将几分钟之前才扔在地上的包裹重新搭在了肩上。

"山那边也不算远。顶多两三英里,我们就扎营。"穆阿奇鼓励道,"不用走那么快,到时候美美地吃一顿晚餐。"

平底雪橇上只有很小一部分物品被拿了下来,所以穆阿奇很快便把这些物品全部又放回了雪橇上。绝大部分时间,他们都是拉着这辆雪橇的。然后,三位冒险家沿着最荒芜也最美丽的一条山岭(北方地区的白人和印第安猎人都管这样的山岭叫作大山)的顶部,踏上了新的路程。瓦比身上背着包裹,走在前面,他尽量挑选宽阔的道路,这样雪橇容易拖一些。瓦比不停地用锋利的斧头砍断挡在路上的小树苗。瓦比身后十多英尺的地方跟着穆阿奇,穆阿奇拖着雪橇。雪橇的后面牢牢地绑着一根驼鹿皮皮带,皮带上拴着那只被驯养的狼。缺少走山路经验的罗德身上背着轻一些的包裹,走在队伍的最后面。

此刻,黑暗已经降临了。尽管瓦比在前面领先不到十二码远,但罗德在后面只能偶尔看到瓦比在夜色中闪现的身影。穆阿奇弯着身子,拉着雪橇,在刚刚降临的夜色中,他看起来像个黑色的疙瘩一样。只有沃尔夫离罗德比较近,也只有沃尔夫让疲倦而精神不振的罗德感到自己不孤单。罗德对荒野生活一直都是充满向往的,但此时,他倒是很希望自己仍然待在驿站,听可爱的敏妮塔琪讲述白天遇到的奇怪鸟兽的故事。如果真是那样,该有多好啊!他脑海中正浮现出敏妮塔琪的脸庞,突然被打断了——并且是以一种出其不意的可怕方式被打断的。穆阿奇停下来准备休息一会儿,而罗德没有察觉到,继续往前走,然后他一下子撞在了平放在地上的雪橇上,穆阿奇的双腿被磕碰了一下,顿时跌倒在地。瓦比闻声跑回来,发现罗德脸朝下趴在地上,穆阿奇则被绊倒在地,身上压着雪橇。

从一定意义上说,这次意外事件还算幸运。拥有高加索白种人幽默细胞的瓦比一边实施救助,一边幸灾乐祸地摇着脑袋。罗德把眼睛和耳朵中的雪弄掉之后,又从脖子里掏出了一把雪,然后跟着瓦比笑了起来。

三个人继续往前走去,山岭却越来越窄。在山岭的一侧,能听到下面很远的地方传来打雷似的水声,罗德根据水声的方向判断出,他们此刻离一个陡崖很近了。几万年之前的地质运动让这里形成了很多大石头和断岩,这些大石头和断岩不时妨碍着他们前进的步伐。每往前走一步,他们都要万分小心。越往前走,湍急的水流声就越大。罗德发现,身旁的一侧显现出黯淡的高高耸立着的影子,影子要高过他们头顶很多,像是大山的陡峭的一面。又往前走了几步后,穆阿奇与瓦比交换了一下位置。

"穆阿奇以前来过这里。"瓦比对着罗德的耳朵说道,他的声音几乎被下面喧哗的水声淹没了,"河流就是从这里穿过大山的!"

罗德顿时兴奋起来,忘掉了身上的疲倦。就连在梦中,他也没有预料到会出现这样的场景。每往前走一步,他们似乎都离大峡谷更近了一些,可又迟迟看不到大峡谷的轮廓。他睁大眼睛,仔细聆听着,每一刻都期待着听到老勇士的警告声。他突然打了一个激灵,因为他看到对面有一个高大的影子,他第一次意识到了他们所处的位置——他们的左边就是陡崖,右边则是垂直的大山石壁!他们脚下的岩架有多深呢?他的脚踩到积雪下的一根木棍。他捡起木棍,将木棍往悬崖下扔去。他停下脚步聆听了好一会儿,但是落下去的木棍久久没有传回声音。陡崖离自己太近了——他不禁感到脊背一阵发凉。这种感觉,他在城市中的街道上漫步时可从来没有体验过!

尽管他看不到,但他明白,他们正沿着岩架往上走。他听到瓦比在雪橇前面发出的吃力的声音,于是他从后面推着装满物品的雪橇。整整半个小时,他们都这样继续往上攀爬着,后来渐渐听不到河流的声音了。不久,大山出现在他们的右边。又过了五分钟,穆阿奇喊他们停下来。

"我们到山顶了。"穆阿奇喊道,"在这儿扎营吧!"

罗德抑制不住兴奋,欢呼起来。瓦比一边从身上取下拉雪橇的绳子,一边欢呼起来。似乎永远也不会疲倦的穆阿奇立马开始寻找起合适的宿营地来,气喘吁吁的罗德和瓦比稍事休息之后也帮着寻找。他们在一块大石头下面找到了一处宿营地。穆阿奇清理起地上的积雪,罗德和瓦比则用斧头在附近砍起香脂冷杉来,砍断了一捆又一捆芳香的香脂冷杉枝条。不到一个小时,一个舒适的营地就建造好了,然后他们生起了一堆熊熊的篝火,噼噼啪啪的火焰直冲向天空。

自从离开山岭尽头废弃的营地之后,三位猎人还是第一次意识到有多么饥饿,于是,穆阿奇立即着手准备起晚餐来,而瓦比和罗德则在黑暗中寻找起柴火。很幸运的是,他们在不远处找到了几棵枯死的白杨树,这可是营地篝火最好的木材啊。在肉块烤好和咖啡煮好之前,他们弄了一大堆白杨木,放在柴火堆那儿。

穆阿奇在大石头下的空地上把晚餐摆放好,大石头把火光反射过来,空地上显得很暖和。三位猎人的脸也被照亮了,他们都满面笑容,高兴极了。暖和的火光和美味的晚餐这时候太有吸引力了。刚刚吃完晚餐,倦意便爬到了罗德身上,他本想再支撑一会儿,但实在坚持不住,便回到棚屋中,把毯子裹在身上,躺在香脂冷杉枝条上,很快就进入了梦乡。他疲倦的双眼看到的最后的情景是穆阿奇把一根又一根的木头往火堆上放,火焰升腾到几英尺高,照亮了附近的乱石堆,石堆的外面,是神秘而不可捉摸的黑暗的荒野。

第六章　驯鹿的舞蹈

罗德早已精疲力竭,浑身上下都酸疼酸疼的,每一根神经都绷得紧紧的,但即便如此,罗德这天夜里仍然睡得非常不安稳、不踏实。瓦比和穆阿奇则不同,他们过惯了荒野的艰苦生活,很快就进入了甜美的梦乡,一整夜都睡得非常踏实。城市来的少年罗德觉得自己身处最不寻常和最令人胆寒的地方,因此他好几次从睡梦中咕哝着或惊叫着醒来;也有好几次,他一下子从香脂冷杉枝条上猛地坐直了身子,等意识到是怎么回事后,他才明白刚才的冒险经历是发生在梦中。

罗德再一次从梦中醒来后,就一直处于半睡半醒状态。他觉得自己听到了脚步声。等第十次听到脚步声时,他用胳膊支撑着抬起头,伸展一下身子,擦了擦眼睛,往黑暗处打量了一眼,又看了看一动不动地沉睡着的同伴,然后又躺回到香脂冷杉枝条上。过了一会儿,他又坐起来。他敢发誓,这一次他真的听到脚步声了——脚步声就在离自己脑袋很近的地方,那是很轻柔、很谨慎地踩在雪地上的声音。他屏住呼吸仔细倾听。一切又安静下来了,什么声音也没有——除了火堆中快要燃烧完的木头的噼啪声外。又是一场梦!他再次躺下,扯过毯子,裹在身上。然后,他深深地吸了一口气,心脏像是停止了跳动似的。

到底是什么东西呢？

他现在睡不着了，头脑完全清醒，全身每一个细胞都处于机警状态。他听到一声脚步声！这一次，他慢慢地、万分小心地直起身子。他听到脚踩在积雪上轻柔的但清晰的声音，像是从大石头后面发出的——然后又走开了，接着又停下了。快要熄灭的火堆跳跃着的火光依然照射在大石头上。突然，从大石头的后面走出来一个东西。

什么东西正在小心翼翼地往自己睡觉的营地爬过来！

他激动得一时间浑身僵住了。旋即，他明白了整件事情是怎么回事。武诺咖人跟踪过来了！武诺咖人开始进攻营地了！令他没想到的是，他的一只手竟然碰到了瓦比的猎枪的枪管。碰到冰冷的猎枪后，他僵硬的身子一下子能活动了。他没时间去唤醒同伴了。他把猎枪拉过来，这时候，他看到大石头后面的那个东西变得越来越大，后来它站起身来，像是要猛扑过来似的。

他轻轻吸了一口气，然后，响起一声雷鸣般的枪声——紧接着，他尖叫起来，穆阿奇和瓦比顿时被惊醒了！

"我们受到攻击了！"罗德大喊道，"快！瓦比！穆阿奇！"

罗德此时蹲在地上，冒着烟的猎枪仍然对着石头的方向。在火光外面浓浓的阴影中，一个身体正匍匐在地上踢腾着腿脚，一副痛不欲生的样子。旋即，瘦削的老勇士穆阿奇走到罗德身旁。他把猎枪端起，与肩齐平。瓦比把胳膊伸过他们头顶，手里攥着一把沉甸甸的手枪，手枪在火光中寒光闪闪。

足足有一分钟,他们都蹲在那儿,屏住呼吸,等待着。

"他们走开了!"瓦比紧张地低声说道。

"我打中了一个!"罗德答道,声音既兴奋又激动。

穆阿奇退回几步,从棚屋一侧的一个洞中往外面窥视着。他什么也看不到。他又慢慢地从棚屋中走出去,端着猎枪,准备随时开火。他往外走时,另外俩人听到了他的声音。老勇士一步步往大石头尽头深沉的黑暗中走去。这时候——

两位年轻的猎人发现穆阿奇突然直起了身子。然后,他发出低低的咕哝声。他弯下腰,抓起一个东西,把它摔到火光之中。

"好大的一个武诺咖人!你打死的是只肥胖的猞猁!"

罗德哀号一声,往后仰倒在香脂冷杉枝条上。瓦比则大声叫喊起来,暗夜中随即响起他的回声来。穆阿奇张开大嘴,脸上洋溢着笑容。

"好大的一个武诺咖人!"瓦比咯咯笑着,又重复道,"一只肥大的猞猁,你正好打中了它的脸。请不要像面目狰狞的武诺咖人那样看着穆阿奇!"

等罗德从棚屋中出来,加入他们时,他面红耳赤,瓦比形容他这是"害臊的傻笑"。

"你们笑话我是应该的。"他说道,"但是,如果真的是武诺咖人怎么办呢?这么说吧,下次咱们如果遭受武诺咖人的袭击,我绝对在一边袖手旁观,就让你们两个把他们打退吧!"

尽管大家都取笑他,罗德还是为自己打死一只猞猁感到扬扬得意。在同类之中,这只猞猁算是非常大的了,因为饥饿,它溜到营地上来偷吃晚餐的残渣。罗德屡次听到的雪地上的脚步声，其实就是这只猞猁小心翼翼地在营地上寻找食物时发出来的。凭借本能，沃尔夫就知道发生了什么乱糟糟的事情，此时它已经溜回自己藏身的地方去了。

穆阿奇处理了这只猞猁。"你俩回去睡觉吧。"穆阿奇对同伴说道，"我再生起一堆火，然后也接着睡。"

经历了这场意外之后，罗德在后半夜里再也没有做过噩梦。第二天早晨，他醒来时已经很晚了，他吃惊地发现，一轮艳阳已经升起来了。瓦比和穆阿奇这时候已经在外面准备早餐了，瓦比还愉快地吹着口哨，这让罗德确信，一点也不用担心武诺咖人了。他没有赖床，直接起身去帮他们做早餐了。

四周都是皑皑的白雪。身后的石头、树木和山峦都覆盖着两英尺深的雪，炫目而灿烂的阳光照耀在雪地上。罗德举目往北方望去，这才发现，原来荒野的景象是如此壮丽！他们的营地建在山岭的最尽头，因此他能看到山下很远很远的地方——白茫茫的荒野广袤无边，一直延伸到哈德逊湾那里。他默默地凝视着山下的一片片原始森林，尔后，举目远眺，看到一处又一处的平原和丘陵，沿着河流一直延伸到视野的尽头，消失在迷茫的白雪之中。他又把目光投向白雪覆盖着的泛着微光的湖泊以及包围着湖泊的幽深的森林。他从来没有想到荒野竟是这样的，他以前读书时也从来没有读到对荒野这样的描述。这一切太漂亮了！这一切太壮丽了！他欣赏着山下的一切，高兴极了，心跳加快，热血涌上来，脸颊变红，像是为这美景而窒息了似的。

穆阿奇轻轻走到罗德身边，低声说道："那里有两千只驼鹿、两千只驯鹿！没有人烟——没有房舍——两万英里远！"

罗德激动得颤抖起来，抬起头看了看穆阿奇的脸。穆阿奇的眼中闪现着奇异而激动的光芒。他直直地盯着广袤无边的荒野，好像他那敏锐的目光能看到最远最远的荒野之外的地方似的——甚至看到了哈德逊湾的平原。瓦比也走过来，伸出一只手搭在罗德的肩上。

"穆阿奇就出生在那里。"瓦比说道，"他的出生地远在我们看不到的地方。当他还是一个孩子的时候，那里是他追捕猎物的地方。看到那边的山了吗？你可能会把它当成一片云。它离这儿有三十英里远！看到那个湖泊了吗？你也许认为你用猎枪就能射到那儿！但是，它有五英里远！如果有一只驼鹿、驯鹿或者狼从湖上走过，你根本就看不到它。"

三个人又默默地站立了一会儿，然后，瓦比和穆阿奇回到火堆旁，继续准备早餐，留下罗德一个人出神地望着远方。那片广袤的北方大地上，一定蕴藏着许多未解之谜，也一定蕴藏着许多没有被记录下来的灾难，还蕴藏着许多传奇故事以及数不尽的珍宝！那片土地就那样安静地躺在大自然的怀抱中，几十万年甚至几亿年的时间里从来没有被惊扰过。少数白人后来惊扰了它，但野生动物仍然在那里繁衍生息，和上万年之前一样。

穆阿奇吮喝吃饭的声音打断了罗德的遐思，让他颇感不快。但他的胃口却丝毫没有受到影响。这天早上，他吃了非常多的东西。瓦比和穆阿奇已经决定了，今天一整天他们都不必再赶路了，今天就待在营地里，等明天早晨再出发。在这里歇一天是有原因的。

"现在这情形，如果没有雪地靴的话，就没法走路。"瓦比向罗德解释道，"我们得花上一天的时间，才能教会你怎样使用雪地靴。并且，所有的野生动物今天都隐藏起来了。驼鹿和驯鹿，特别是狼和其他野生动物，要到今天下午或晚上才会出来活动，因此，如果我们现在上路的话，我们就不知道所经过的地方动物的情况。而我们目前最重要的事情，就是要寻找到一片动物密集的区域。如果我们在未来的几天里遇到非常多的动物的话，我们就停下来搭建冬季营地。"

"那你觉得我们离武诺咖人很远吗？"罗德问道。

穆阿奇咕哝道："我不相信武诺咖人会翻过山来。山后边的动物也非常密集，他们会留在那儿的。"

罗德一边吃着早饭，一边无休无止地问着问题，这些问题都是关于绵延在他们眼前的广袤的荒野的。因为他们很快就要进入这片荒野了，所以罗德对它非常感兴趣。吃完早饭，罗德立马就表示想开始学习使用雪地靴。随后的一个小时里，瓦比和穆阿奇教他如何穿着雪地靴沿着山脊来来回回地行走。每当罗德在雪地上一次滑出好远的时候，两人就大声夸赞他；而当罗德频繁地在雪地里摔倒的时候，两人就在一旁幸灾乐祸地大笑不止。到中午时，罗德心里已经有了谱，觉得自己相当熟练了。

这一天，待在营地的罗德非常快乐，可是他发现瓦比好像有什么烦心事似的。有两次，他都发现瓦比独自待在棚屋里，默默无语,一副快快不乐的样子,后来他便追问瓦比是怎么回事。

"对我说说你到底在担心什么,瓦比?"罗德问道,"出什么事情了呢?"

瓦比站起身,轻声笑了笑。

"罗德,你做过让你忧心忡忡的梦吗?"他反问道,"我昨晚就做了一个这样的梦,梦醒后,我就担忧起驿站上的人来——特别是敏妮塔琪。这就是你所说的杞人忧天吧?你听!那是不是敏妮塔琪的口哨声?"

瓦比不说话了,这时候穆阿奇从大石头后面绕了出来。

"快过来看!太有趣了!"他轻声喊道,"快!快过来看!"

他转过身,飞奔到山脊的陡崖边,两位少年紧跟着他。

"驯鹿——"穆阿奇低声对赶来的两位少年说道,"驯鹿正在进行精彩的演出!"

他指着山下的雪野。距他们不到四分之三英里远的地方——在罗德看来不到三分之一英里而已,有六只驯鹿正在山岭与森林之间的一片开阔的平地上嬉戏。它们嬉戏的方式太奇怪了。罗德还是第一次亲眼看见北方大地上的驯鹿——尽管他曾多次在书里读到关于这种奇妙的动物的描述。在北纬十六度以北的地方,驯鹿有时候又被称作北美驯鹿。下面的这群驯鹿正在进行一种奇怪的游戏,这种游戏在哈德逊湾地区被称作"驯鹿的舞蹈"。

"它们怎么了?"罗德激动地问道,声音有些颤抖,"这是怎么回事?"

"它们正在尽情地嬉戏玩耍!"穆阿奇一边咯咯笑着说道,一边把罗德拉到自己躲的这块石头后面。

　　瓦比把一根手指放进嘴里,然后把手指举到头顶——这是印第安人辨别风向的最好方法。他手指的背风面仍然又凉又湿,而对着微风吹来的那一面很快就干了。

　　"风是从对面吹来的,穆阿奇。"他说道,"这是我们开枪的天赐良机。你先开枪吧!我和罗德留在这里,看着你。"

　　罗德听到穆阿奇蹑手蹑脚地回到营地取猎枪的声音——但他的双眼一刻也没有从驯鹿身上离开。又有两只驯鹿加入了游戏。他看到驯鹿以奇异的方式跑动时,头颅就颠簸起来,长长的鹿角上反射着阳光。有三四只驯鹿疾风般猛地跑开,就像身后有凶猛的敌人在追赶自己似的。跑了两三百码之后,它们突然同时停住了,绕成一圈旋转起来,好像它们的逃跑被什么打断了似的。然后,它们又突然风驰电掣地跑回到鹿群之中。每次都有两三只或者三四只驯鹿一起,轮流做着同样的游戏。这时候罗德发现了另外一件奇怪的事情,这件事太新鲜也太奇异了,以至于罗德痴痴地看着,竟然没有发笑——此时瓦比已在他身后悄声笑了起来。一只机敏的驯鹿突然从鹿群中猛地冲了出去,旋转起来,又是往上蹦跳,又是踢腾着蹄子,最后,它同时甩开四只蹄子上上下下蹦跳起来,好像在进行哑剧表演以取悦同伴似的。等表演结束后,它继续往前飞奔而去,这时候其他的驯鹿紧紧跟在它身后。

　　"驯鹿是北方地区最有趣、最精明、跑得最快的动物。"瓦比说,"在迎风的情况下,即便是隔着一座山,它们也能嗅到你的气味；在你离它们还有半英里远的时候，它们就能听到你的脚步声。你看！"

瓦比把手从罗德肩上伸过去，指着下面。穆阿奇已经到山岭下面了，此刻，他正蹑手蹑脚地往驯鹿的方向走去。罗德惊讶地"啊"了一声。

"天哪！驯鹿会发现他的！对吧？"他嚷道。

"不会的，穆阿奇心里有数的。"瓦比微笑着说道，"记着，我们是在往下面看。对于我们来说，所有的东西都很清楚也很开阔，但实际上，下面的东西太稠密了。我敢打赌，穆阿奇连前方一百码远的地方都看不到。他已经准备好了，径直往前走去。等他到平地的边缘时，他才能看到驯鹿。"

时间每过去一分钟，罗德就变得更加激动。一分钟又一分钟过去了，穆阿奇离猎物越来越近了。罗德怎么也没有料想到这样的场景会在自己眼前慢慢展开。荒野中的驯鹿像是在表演哑剧似的进行着舞蹈，老猎人穆阿奇悄悄靠近鹿群，每一块石头、每一棵树依次出现在穆阿奇的面前。而这一切，都映入罗德的眼中。驯鹿的哑剧表演中的任何一个段落，罗德都没有错过。五分钟过去了，十分钟过去了，十五分钟过去了。他看到穆阿奇停下脚步，举起一根手指判断起风向。然后，穆阿奇匍匐在地，慢慢往前移动，移了一码又一码，非常慢非常慢，以至于看起来穆阿奇像是趴在地上没动弹似的。

"他能听到驯鹿的声音了，但他还看不到它们！"瓦比低声说道，"你看！穆阿奇把耳朵贴着地面！他进入临战状态了！他像是在地面上睡着了似的！穆阿奇太棒了！"

穆阿奇继续往前挪动着。罗德兴奋地攥紧了拳头，屏住呼吸。穆阿奇会一直都不开枪吗？他离鹿群好像只有一箭之远了。

"还有多远，瓦比？"

"四百码，也可能是五百码。"瓦比答道，"现在还太远了，不能开枪！穆阿奇看不到它们的。"

罗德紧紧抓住瓦比的胳膊。

穆阿奇停下来了。他慢慢把身子蜷缩起来，远远望去像是雪地中唯一的一个小黑点似的。

"是时候了！"

随后出现了可怕的寂静。正在空地上嬉戏的鹿群这时候突然僵硬地站立在那儿，好像预感到危险正在来临似的——就在这一刹那，穆阿奇的猎枪响起。

"不好！"瓦比嚷道。

罗德激动得跳起来。驯鹿转过身，八只驯鹿同时从空地上飞奔而去。紧接着又响起一声枪响，然后是第三声枪响。穆阿奇连续开了三枪。有一只逃亡的驯鹿翻身跌倒在地，它挣扎着站起身，但旋即再度跌倒在地！穆阿奇开了第四枪——他的最后一颗子弹！那只负伤的驯鹿再度倒在地上，它仍然试着站起身，但再次前蹄一软，倒在地上。

"如果从这儿看是一英尺的话，那么实际上就是五百码。"瓦比如释重负地笑着说道。

穆阿奇走到空地上，再次给猎枪装上子弹。他飞快地穿过驯鹿的游戏场，走到已经倒在地上的那只驯鹿身旁，蹲下身，彻底杀死了它。

"我下去帮帮他，罗德！"瓦比说道，"你的腿脚现在还很疼，就不用下去了，况且路也很不好走。你就在这儿把火生大，穆阿奇和我待会儿把鹿弄回来。"

接下来的一个小时里，罗德忙着捡拾过夜的柴火，并继续练习雪地靴的用法。令他惊讶的是，现在他穿着雪地靴竟然能走得这么快，并且这么省力。他想，即便还是个新手，他每天也能走上二十英里。

他独自在这儿不受打扰，因此也就一次又一次地想起武诺咖人和敏妮塔琪。为什么瓦比会担心？罗德内心里认为，瓦比绝不是因为做了噩梦才担心起敏妮塔琪，其中肯定还有其他的原因。另外，为什么武诺咖人不翻过这座山呢？在最近的一天一夜里，他不止一次地在心底问过这个问题——尽管穆阿奇和瓦比都非常确信他们已经离开了武诺咖人的地盘。

瓦比和穆阿奇带着驯鹿肉回来的时候，天色已昏暗下来了。他们立马准备起晚餐来，因为三个人已经决定好了，明天天一破晓就上路，天黑时再休息，这就是说，今天晚上他们得尽可能休息好才行。三个人都急切地盼望着冬季捕猎活动的开始。白天的时候，穆阿奇仔细查看了每一条遇到的新道路。瓦比和罗德也都很上心。连沃尔夫也时不时伸展着瘦削的身子，认真而焦虑地嗅一嗅空气，好像非常渴望悲惨的故事能尽快出现似的——它将在这些故事中扮演重要的角色。

"如果你能坚持住的话，"瓦比冲着埋头吃驯鹿肉的罗德说道，"从现在开始，我们一分钟也不能浪费掉。明天下山后，我们得走二十五到三十英里的路程才行。明天中午的时候，我们就有可能到达捕猎地带，但或许我们得走上两三天的时间才能到达。但无论如何，我们连一分钟都不能浪费。等建造好新的大本营，我们的冬季捕猎活动就正式开始了！"

这天晚上，罗德睡得正香的时候，觉得有人帮他在香脂冷杉枝条上翻了一个身。他睁开眼睛，看到瓦比正冲着他笑，篝火照亮了瓦比的脸庞。

"该起床了！"瓦比高兴地嚷道，"快点起来吧，罗德！早餐已经做好了，物品也都收拾好了，而你还在这儿睡大觉。哎，对了，梦到什么了？"

"敏妮塔琪！"罗德涨红了脸，老老实实地回答道。

一分钟后，罗德到了棚屋外面，整理了一下凌乱的衣服，梳平蓬乱的头发。天色还很暗，罗德看了看手表，确信是将近四点钟。穆阿奇已经将早餐摆放在火堆旁的一块平坦的石头上，按照瓦比先前的方案，他们现在一刻也不能浪费。

一行三个人的队伍拔营时，天刚刚拂晓。这时候，罗德进一步深刻地意识到自己的枪支被抢走是多么倒霉的事情。他们马上就要踏入猎人的乐园了，而自己竟然没有枪！罗德实在是太郁闷了，于是禁不住向瓦比发起牢骚来。瓦比立马提出一个建议：他俩轮流使用瓦比的猎枪，罗德用一天，瓦比用一天，一直轮流下去；瓦比的左轮手枪两人也轮流使用，这样的话，在同一天里，他们一个人使用猎枪而另外一个人使用手枪。这个方案让罗德一下子高兴了许多。三个人往山下的荒野中走去的时候，罗德就背着猎枪——瓦比说让罗德先开始。

离开了遍布石头的山岭之后，罗德和瓦比一起拉着平底雪橇往前走,穆阿奇则在前面开辟道路。罗德紧盯着穆阿奇的雪地靴,觉得走起路来越来越轻便,他生命中第一次意识到了"开辟道路"的真正含义。穆阿奇是他的部落中最著名的开辟道路的人,也是最敏锐的追踪者,因此,在此刻他们正穿过的相对开阔的平地上,穆阿奇发挥着重要作用。穆阿奇的步子迈得很大,每往前走一步,就甩起一团积雪,在身后留下一条宽阔而平滑的道路——穆阿奇的重量把道路压得很瓷实。这样一来,跟在后面的瓦比和罗德就轻松了许多,不至于因为柔软的积雪而步履蹒跚。

离开山脚半英里后,穆阿奇停了下来,等待瓦比和罗德。

"驼鹿!"他指着积雪中的一行奇怪的足迹说道。

罗德弯下身子,急切地查看着足迹。

"驼鹿踩过的地方,雪还在往下面掉。"瓦比说道,"罗德,你看这一小片雪。你看!它正在往下面滑落!这是只公驼鹿,半个小时前刚刚从这儿走过!"

三位猎人越往前走,野生动物进行过午夜狂欢的迹象就越明显。它们一次又一次从一只狐狸的足迹上跨过;又往前走了一段距离后,他们发现这只狐狸杀死了一只肥大的白兔——狐狸有"午夜海盗"的绰号。雪地上有很多血迹和毛发,以及未被吃完的尸体。瓦比再次忘记"不能浪费一分钟"的叮嘱,停下来观察起来。

"如果我们知道这是只什么狐狸就好了!"他冲着罗德说道,"可惜我们不知道。我们只知道它是只狐狸而已。所有种类的狐狸留下的脚印都是一样的。如果狐狸的脚印有差别的话,我们就发财了！"

"为什么这么说呢？"罗德问道。

穆阿奇咯咯笑起来，好像想起了什么非常好笑的事情。

"那只狐狸可能是只普通的赤狐。"瓦比接着说道，"如果是这样的话，它仅仅值十美元或二十美元。也有可能是只黑狐，黑狐值五十多美元。如果是只杂色狐，也就是毛色夹杂着银色和黑色的话，那么价格就在七十五美元到一百美元之间。或者——"

"是只很大的狐狸！"穆阿奇再次咯咯笑着插话。

"对！也有可能是只银狐。"瓦比最后说道，"一只毛色不好的银狐就值两百美元了，要是毛色上好的银狐，价格在五百美元到一千美元之间！现在你明白为什么我希望狐狸的脚印能有所区别了吗？如果是只银狐或者黑狐，哪怕是只杂色狐狸，我们就要跟踪它！可是，是只赤狐的可能性最大。"

每过一段时间，罗德对荒野和荒野中的动物的了解就增加一些。罗德出生以来第一次看到了狼留下的像大狗的爪子般大小的足印、赤鹿的细巧的蹄印，以及一只猞猁走过时留下的很凌乱的足印。罗德还看到一行驼鹿的蹄印，一个蹄印足足有自己的脑袋那么大了，于是他在脑海中想象起驼鹿魁梧的体格来。然后他又学会了如何区别小驼鹿的蹄印和大驼鹿的蹄印。几乎每往前走一英里，他就学到一些新的东西。

这天上午，三个人停下来休息了好几次。快到晌午的时候，瓦比计算了一下，他们已经走了二十英里，尽管累得不得了，罗德还是声称自己"还能继续走上十英里"。午饭后，地表状态出现了变化。他们旁边的河流变得越来越窄，在有些地方，河流两岸都冻结了，河流在这些地方流得非常湍急。覆盖着森林的丘陵、高大的石头和一块块小石头不时出现在这片被称作平原的低洼的土地上。每往前走一英里，地面就更崎岖一些，也更别致漂亮一些。东边几英里之外是另外一片荒芜的高低起伏的小山丘。小湖泊越来越多，三位猎人不时会遇到小河，他们一次又一次地从河流上跨过。

每往前走一步，瓦比和同伴们的热情就高涨一些。很显然，这里的猎物非常多。周围到处都是理想的冬季宿营地点，他们前进的速度越来越慢。

前方的道路上出现了一座坡度平缓的小山，小山的顶端非常高，穆阿奇在前面沿着缓坡往上攀登而去。到山丘顶端后，三个人欣喜而惊讶地停下脚步。在他们的脚下，横亘着一片洼地，有十二英亩见方。洼地的正中心有一个很小的湖泊，围绕着森林，森林里杂生着雪松、香脂冷杉和白桦树，森林一直绵延下去，覆盖了整座小山，最后，森林的尽头是一片很大的空地。即便是踏足过这片土地上千次的猎人，也未必会发现山丘顶上隐藏着的这个荒野乐园。穆阿奇二话没说就把沉重的包裹从身上扔了下去。瓦比解开捆绑在身上的雪橇绳，从肩上卸下重担。紧跟着，罗德也把小包裹从肩头取了下来，放在穆阿奇取下的大包裹旁边，沃尔夫则绷紧了皮带绳，焦急地注视着这片空地，好像它也明白这里将是队伍过冬的营地似的。

瓦比率先打破沉默："这地方挺好吧，穆阿奇？"

穆阿奇咯咯笑起来，很知足的样子："好极了！可以阻挡凛冽的寒风——在远处看不到篝火的烟雾——有丰富的木柴——水也很充足——"

卸下重担的猎人们把沃尔夫的皮带绳绑在平底雪橇上，然后一起往湖泊边走去。还没有走到湖边，瓦比突然惊叫一声，停了下来，然后伸手指着湖泊对岸的森林。

"你们看！"

一百码之外，在森林里面有一座若隐若现的木屋。即便隔着这么远，他们也能认出来那是一座被遗弃的木屋。屋顶上堆着高高的白雪，没有烟囱。整座木屋没有一丝一毫生活的迹象。

三个人慢慢往木屋边靠近。显然，木屋有很多年了。搭建木屋的木头现在已经开始腐朽。屋顶上生了很多小树苗，周围的一切也都表明，这座木屋是很多年之前建造的。屋门是用劈开的木板做的，正对着湖泊，但此时屋门紧紧关闭着。木屋墙上的窗户也是正对着湖泊的，但此时用几块细木板紧紧地封闭着。

穆阿奇推了推屋门，但推不动。显然，屋门被人从里面牢牢地闩住了。

三个人一下子从好奇变成了惊愕。

屋门怎么能从里面锁起来呢？窗户也是从里面封住的。如果屋里面没人的话，这是不可能的事情！

三个人久久地站立在木屋前，侧耳倾听。

"太奇怪了！是吗？"瓦比轻声说道。

穆阿奇在屋门边蹲伏下身子。他什么也没听到。尔后他脱掉雪地靴，握紧斧头，走到窗户边。

连续猛砍了几下之后，有一块木板掉落下来。穆阿奇疑惑地凑近敞开的窗户，用鼻子嗅了嗅，又用耳朵倾听了一会儿。潮湿而令人窒息的空气扑面而来，但仍然没有声音。他把剩下的细木板也一块又一块地砍掉，然后把头和肩膀伸进了窗户里。他的眼睛慢慢适应了里面的黑暗，于是他把身子往里面钻得更深一些。

刚钻了一会儿，穆阿奇就停下了。

"继续钻啊，穆阿奇！"瓦比一边催促，一边在后面把穆阿奇往里面推。

穆阿奇没有吭声。足足有一分钟，穆阿奇都保持着原来的姿势，像块石头似的一动也不动，又像死掉了似的一句话也不说。

然后，慢慢地，他的身体往外面退，非常缓慢，像是怕把里面正在睡觉的人惊醒了似的，然后他蹲伏在地面上。良久，他才把头扭过来——罗德从来没有见过穆阿奇的脸色像现在这样。

"怎么回事，穆阿奇？"

穆阿奇长长地呼吸了一口新鲜的空气。

"木屋里似乎有一些不太好的东西。"他答道。

罗德和瓦比紧紧盯着穆阿奇的脸庞，长长地呼了一口气。

等到三个人都进入木屋中，场景远比他们想象的更令人惊讶。地上有死去的人的痕迹。桌上放着一卷桦树皮、一个鹿皮袋。瓦比打开那个鹿皮袋，里面竟是几块黄金。

"确实有人说过，这附近的峡谷里藏着黄金。"穆阿奇说。

"我们就住在这座木屋里，怎么样？"突然，罗德向同伴征询道。这木屋里的一切确实太让他好奇了。

"确实，木屋太宽敞了！"瓦比大声说道，"我们要想盖一座同样的木屋的话，至少得花费两个星期的时间。我们是不是很幸运？"

"我认为我们应该住进去，就住在这座木屋里！它比我们原计划建造的木屋要大上三倍！你是怎么想的呢，穆阿奇？"

穆阿奇摇了摇头，不置可否。

"伙计们，我们目前需要做的只有一件事，把木屋里的所有东西都清理掉。明天我们就把木板给揭掉，谁也说不准木板下面会有什么东西，大不了我们再铺一层新木板。天快黑了，如果我们今晚想睡得安稳一些的话，就得赶紧忙碌一番才行。"三个人立即着手开始收拾，屋内的地板上已经铺了很多香脂冷杉枝条，毯子也被弄到了屋外，包裹及其他物品被堆在一个墙角处，用罗德的话说，"一切都变得舒适而整齐"。门外不远处点着一堆篝火，屋子里变得热烘烘的，并且亮堂起来。他们又点燃了几根蜡烛，木屋里顿时变得无比温馨，要比他们住过的任何营地都更像一个家。穆阿奇做的晚餐真可谓是名副其实的盛宴——有烤肉、凉豆子、饼子和热咖啡，其中凉豆子是穆阿奇在上一个营地的时候煮好的。三个幸福的猎人贪婪地享用着盛宴，好像已经一个星期没吃东西似的。

这一天尽管过得很辛苦，但他们无比高兴。晚餐过后，他们仍然没有去睡觉的念头——要是在以往的营地里，他们通常会很快就去睡觉的。他们还意识到，他们的旅途已经到了尽头，最艰难的工作已经完成了，明天不需要再长途跋涉了。他们的新生活——世界上最幸福的生活已经开始了。他们的营地已经建好,为冬季的捕猎活动做好了准备,从这时候起,每天晚上他们都可以随心所欲地做自己喜欢做的事情了。

这天晚上,罗德、穆阿奇和瓦比三个人聊着天坐到半夜,门口的篝火一直熊熊地燃烧着。

他们几乎没睡多长时间,翌日清晨,第一缕光亮刚一出现,他们就开始工作了。吃完早餐,要先去揭掉陈旧而腐朽的地板。一块块木板被堆放在一起,然后运出去当作柴火,最终,屋内的地面全部裸露出来。

穆阿奇动手砍起雪松木来,准备做新的地板。罗德和瓦比用水把每一块木板都冲洗了一遍,之后,又采集了几蒲式耳①的苔藓,把木板的缝隙重新填充起来。这天的晚餐是在一块铁板上做的,这块铁板是放在雪橇上被他们一路拉过来的。瓦比不时哼出几句印第安歌谣,罗德也愉快地唱起来,直到嗓子有些干涩才停下来。穆阿奇有时候咯咯地笑,有时候自个儿嘟囔着,跟他们聊天时话越来越多。有好几次,他们都互相庆祝好运气。八张狼的头皮、一张上好的猞猁皮,以及价值两百美元的黄金——第一个星期就已经收获了这么多!这实在太令他们兴奋了——他们丝毫也不用掩饰自己的兴奋。

这天晚上,穆阿奇煮了一大锅肉块和骨头。当罗德问起这是在煮什么汤的时候,穆阿奇径直抓起一把钢制的捕兽夹扔进锅里。

"把捕兽夹煮一煮,这样捕兽夹的味道就更能吸引狐狸、狼和貂了。它们都喜欢这样的味道,都会被吸引过来。"他解释道。

①蒲式耳:英美制容量单位。英制蒲式耳约为 36.37 升,美制蒲式耳约为 35.24 升。

"如果不把捕兽夹煮一煮的话。"瓦比补充道,"百分之九十的毛皮动物都会刻意避开捕兽夹上的诱饵,所有的狼也都会避开。因为它们能嗅到捕兽夹上残留着的人的气味。但是,油腻的味道会吸引它们靠近。"

这天夜里,猎人们用毯子包裹着身子准备睡觉了。剩下唯一需要做的事情,是在木屋的墙边搭建起三张床铺。三个人一致认为,这项工作完全可以利用零散时间来完成——哪天谁要是恰好留在营地中的话,就由他来完成。第二天早上,他们就要带着捕兽夹出去了——那将是他们的第一次捕猎活动,他们一定要睁大眼睛寻找狼的踪迹。在整个哈德逊湾地区,穆阿奇都是最伟大的捕狼人。

国际少年生存小说典藏

第七章　野狼之夜

这天夜里,罗德两次被穆阿奇开门的声音惊醒。第二次醒来后,罗德用胳膊支起头,静静地观察着穆阿奇。这天夜里天气很好,月光像流水似的铺满了营地。他听到穆阿奇咯咯的笑声和嘟囔声,好像是在与自己说话似的;最后,在强烈的好奇心的驱使下,他裹着毯子,来到穆阿奇身旁。

穆阿奇正往空地上望去。罗德顺着他的目光望去。月亮高悬在木屋的正上方,天上没有一片云朵,大地上太亮堂了,湖泊对岸的东西都看得清清楚楚的。

另外,天气冷得刺骨,他站立了一会儿后便冷得哆嗦起来。他觉察到了这一切,可是,穆阿奇冲着天空在看什么呢?他真不明白,除了欣赏异常美丽的夜色外,他还能看到什么呢?

"你在看什么,穆阿奇?"他问道。

穆阿奇默默地看了他一会儿,脸上露出神秘而高兴的神色。

"野狼之夜!"穆阿奇低声说道。

然后,他回头看了看,瓦比睡得正香。

"野狼之夜!"穆阿奇一边重复着,一边从茫然的罗德身边走过去,像个影子似的。罗德的好奇心越来越强烈。他看到穆阿奇回到瓦比身边,弯下腰,摇了摇瓦比的肩头,然后又重复道:"野狼之夜！野狼之夜！"

　　瓦比被唤醒了,他坐起身,披着毯子,穆阿奇又回到门口。穆阿奇早已穿好了衣服,此时,他拎着猎枪,走进了夜色之中。瓦比走到门口的罗德身旁，跟罗德一起注视着穆阿奇瘦削的身影——穆阿奇迅速从湖上走过去,沿着山丘往上攀登,然后消失在山丘另一边的荒野之中。

　　罗德看了看瓦比,发现瓦比瞪大了眼睛望着前方,目光中半是激动半是恐惧。瓦比一声不吭地走回到桌子边,点亮蜡烛,穿好衣服。这时候瓦比脸上仍然浮现出抑制不住的激动。

　　瓦比回到门口,大声吹起口哨来。沃尔夫从木屋旁的小棚子里发出愤怒的呜呜声作为应答。瓦比再度吹起口哨来,他反复吹了二十次,可是,没有传来任何应答。瓦比也迅速从湖面上疾步走过去,他比穆阿奇走得还要快些,然后他爬到了山丘的顶上。穆阿奇已经完全消失在洒满银色月光的荒野之中。瓦比的脚下,是一望无垠的明亮的荒野。

　　瓦比回到木屋边时,罗德在炉子里生起了一堆很旺的火。他坐到炉火边,烤着冻得发紫的手。

　　"啊！这样的夜太可怕了！"瓦比哆嗦着说道。然后,他笑着看了看罗德,有点不大自在,但目光仍像之前一样。突然,他问道:"敏妮塔琪跟你说过什么关于穆阿奇的奇怪行为的事吗？"

　　"敏妮塔琪跟我讲过的事情,都是你已经告诉过我的。"罗德答道。

　　"有一段时间里,穆阿奇不大正常,有点疯癫,但不严重！

我一直都不能确定,他到底是不是真的不正常。有时候我觉得他是疯了,有时候又不这么认为。但驿站上的人都这么认为,有时候在追捕狼群的时候,穆阿奇真的会变疯。"

"狼群?"罗德大声反问道。

"是的,狼群。他变疯绝对是有原因的。很多年前,你我才出生不久的时候,穆阿奇拥有妻子和一个孩子。我的母亲和驿站上的其他人都说他非常宠爱他的孩子。他不像其他猎人那样去追捕猎物,而是整天在木屋中逗孩子玩,教孩子做事情。他出去打猎的时候,也常常把孩子捆绑在背上。当孩子不再是一个婴儿的时候,他仍然这样做。他是驿站上最幸福的印第安人,但也是最贫穷的一个。有一天,穆阿奇带着一小捆兽皮回到了驿站上。母亲告诉我,穆阿奇会把绝大多数的兽皮拿出去换取孩子喜欢的东西。这天,他在夜里来到驿站的商店门口,希望在第二天中午之前就往家里赶,这样的话,天黑之前他就能到家。可是他被什么事情耽搁了,因此,第三天早晨他才动身往家赶。第二天下午,他的妻子背着孩子出去迎接他——因为他原定就是这天到家的。可是——"

这时候沃尔夫发出一声怪异的嚎叫,打断了瓦比的话。

片刻之后,瓦比继续讲道:"可是,母子俩走啊走,却一直没有遇到他。然后,驿站上的人们说,他的妻子一定是在路上摔倒了,并且摔伤了。总之,后来的情形是,穆阿奇第二天从这条路上经过时,发现母子俩已经被狼群杀害了。从那一天起,穆阿奇就变了。他成了整个北方地区最好的猎人。这场灾难发生后不久,他来到驿站上居住,从那时起,他便再也没有离开过敏妮塔琪和我。有好长的一段时间,每当夜里月色很好并且天气酷寒的时候,他就会变得有点疯癫。他把这样的夜晚称作'野狼之夜'。在这样的夜晚,他要是想出去打猎的话,谁也拦不住;并且谁也没法让他开口说话,他也不允许任何人跟着他。今天夜里,他肯定会走好多英里的路。但是,他还会回来的。等他回来之后,就变得跟你我一样清醒了。如果你问他去了哪儿,他会说出去转转,看能不能打到什么猎物。"

罗德专心致志地听着。听到瓦比讲述穆阿奇生命中凄惨的往事,罗德觉得穆阿奇变成了另外一个人。他不再是一个举止不够文明的荒野中的野蛮人了。罗德对他产生了莫大的同情,昏黄的烛光下,罗德的眼睛湿润了,但他并没有强忍住泪水。

"穆阿奇所说的'野狼之夜'是什么意思呢?"罗德问道。

"在追捕野狼这件事上,穆阿奇可真是太棒了。"瓦比接着说道,"曾经在长达二十年的时间里,他每天都会观察和研究狼。北方地区所有猎人对于狼的认识,加起来也没有穆阿奇一个人知道的多。他设置的每个捕兽夹都能逮住狼——其他任何一个猎人都做不到这一点。单凭狼的足印,他就能告诉你关于这只狼的近百件事情。关于狼的事情,他懂得太多了;并且,凭借着超自然的本能,他能判断出哪天晚上是'野狼之夜'。今天晚上,空气中的某些东西,天空上的某些东西,月亮上的某些东西,以及荒野上的特殊景象都告诉他,平原上和山上将有狼群,或者说狼会聚在一起,并且明天早上将会艳阳高照,狼会跑到山上向阳的一面——看看我说得对不对。如果穆阿奇明天晚上能回来的话，我们将会有精彩的捕狼活动——到时候你看看沃尔夫是如何发挥作用的！"

然后，瓦比沉默了好几分钟。火焰噼啪响着往上喷，炉子通红通红的，两位少年坐在炉子边倾听着外面的声音。罗德取出手表看了看，还差十分钟就十二点了。可是，谁也没打算回去睡觉。

"沃尔夫是非常奇怪的动物。"瓦比一边沉思着一边轻声说道，"你可以说它是一只背叛了同类的狡诈的狼，因为它经常坑害自己的同类，把同类引诱到死亡的道路上。但事实上它并不是一只背信弃义的狼。跟穆阿奇一样，沃尔夫的所作所为也是有着非常充分的理由的。你可以把这称作动物的复仇。沃尔夫的一只耳朵缺了一半，你留意过这一点吗？如果你把它的头往后扳起的话，你就会发现，它的喉咙上有一个可怕的伤疤。它的左前腿后面也有一块很大的伤疤，在那儿，半个巴掌大的一块皮肉没有了。我跟穆阿奇是在一个捕捉猞猁的捕兽夹中捉到沃尔夫的。当时，它还是只小狼崽——穆阿奇说它只有六个月大。它被捕兽夹夹住了，孤独无助，无法脱身，然后几只狼扑到它身上，想咬死它。这个自相残杀的场景正好被我们看到了，于是我们把沃尔夫救了出来，包扎好它的脖子和身体的一侧，然后开始驯养它。明天，你就可以见识到它从穆阿奇那儿学来的报复同类的本领了。"

两个小时后，罗德和瓦比熄灭了蜡烛，钻回到毯子里。又过了半个小时，罗德发现怎么也睡不着。他很好奇穆阿奇去哪儿了。他还很好奇穆阿奇此刻正在干什么。他还很疑惑，穆阿奇若是真的疯癫的话，那他在人迹罕至的荒野中怎么才能找到回营地的路呢？

好不容易睡着之后，他却又梦到了穆阿奇的妻子和孩子——但很快，穆阿奇的孩子不见了，穆阿奇的妻子变成了敏妮塔琪，而贪婪的狼群则变成了一群人。罗德正在做着这些令他颇为难受的梦的时候，一下子被惊醒了，觉得身体的一边不停地响起嘭嘭嘭嘭的声音。他睁开眼，发现瓦比披着毯子坐在一码远之外，望着自己这边，还冲自己点着头。看到这情景，罗德喘了口气。

那边——穆阿奇正在给马铃薯削皮！

"回来了啊，穆阿奇？"他喊道。

穆阿奇抬起头笑了笑。穆阿奇的脸上丝毫也没有夜晚追赶狼群的疯癫迹象。他只是高兴地点了点头，然后继续削起马铃薯来，以备早餐时用，好像他是在睡了长长的一觉之后刚从毯子下钻出来似的。

"你们还是起床得了！"他建议道，"今天艳阳高照，很适合打猎。在山上能找到狼——会有很多狼的！"

罗德和瓦比同时掀掉毯子，开始穿衣服。

"你是什么时候回来的？"瓦比问道。

"刚刚。"穆阿奇一边回答着，一边看着热炉了，继续削着马铃薯，"刚刚才把炉火生着。"

趁穆阿奇在炉子边弯下腰时，瓦比对罗德使了个眼色。

于是罗德问道："你昨晚去干什么了？"

"月亮太大了——我出去打猎——"穆阿奇说道，"在山上发现了猞猁,在赤鹿走过的路上又看到了狼的足迹,但我没开枪。"

关于穆阿奇在夜里的所作所为,两位少年所能知道的也就这么多了。但是,在吃早饭的时候,瓦比又看了一眼罗德,趁着穆阿奇离开桌子去关闭炉子的挡风板的时候,他低声对罗德说道:"你看我说得对不对? 他准会选择山路的。"等穆阿奇回到桌子边后,瓦比说道:"我们今天上午分开行动,怎么样?穆阿奇,我觉得有两条设置捕兽夹的路线都非常好,一条是在山上,小河就是从山上流下去的,之后又流向东边;而另外一条路线就是沿着布满丘陵的平原上的那条流向北方的小河。我们分头行动,你觉得怎么样?"

"好啊!"穆阿奇赞同道,"你们俩往北边。我沿着山坡。"

"不! 你跟我一起沿着山坡。瓦比单独往北边。"罗德赶忙插话道,"我想跟你在一起,穆阿奇!"

穆阿奇听了罗德的话后很受用,就咧开嘴咯咯笑了起来,然后滔滔不绝地讲起他脑海中的计划来。三个人商量好,下午早些回木屋来,因为穆阿奇很有把握,今天晚上他们要进行第一次捕狼活动。

罗德注意到,那只名叫沃尔夫的狼早上没有被喂食,他很快就猜出了其中的原因。

捕兽夹被分发下去。从驿站上带来的捕兽夹有各种各样的型号——有五十个小捕兽夹是用来对付貂和其他小型毛皮动物的,还有十五个捕兽夹是用来对付狐狸的,而另外那些大一些的捕兽夹则是用来对付猞猁和狼的。瓦比带走了二十个小捕兽夹、四个捕狐夹和四个捕狼夹,罗德和穆阿奇则总共带走了四十个夹子。剩余的肉被剁成小块,平均分配在每个捕兽夹上。

　　三位猎人离开营地时,太阳刚刚从荒野上升起。正如穆阿奇所预料的那样,今天是个大晴天,但非常冷,天上没有一片云朵。从营地所在的山顶往下面望去,罗德发现一片又一片的森林和湖泊都闪烁着光芒,他惊讶得目瞪口呆,久久地欣赏着山下的美景。但三个人仅逗留了一会儿后,就分头行动了。

　　在山脚下,穆阿奇和罗德遇到了那条小河。他们往前走了不到五十码远,穆阿奇停下来,指着一棵倒伏在河面之上的树。树干的积雪上有几个小巧的脚印。穆阿奇盯了一会儿,然后把目光投向前面的足迹,随即把肩上的包裹甩了下来。

　　"水貂!"他说道。他从结冰的河面上走过去,留意着不去碰触那根树干。到了对岸之后,那些足迹分散开来,消失在一片树木的下面。"这儿有一窝水貂。"穆阿奇接着说道,"有三只或四只——也可能是五只。就在这儿设置捕兽夹!"

　　穆阿奇蹲下身设置起捕兽夹来——此前,罗德还从没见过如何设置捕兽夹。在树干尽头的水貂足迹近旁,穆阿奇很快就用树枝搭起一个小棚子。然后,穆阿奇在小棚子的后面放了一小块肉,在这块诱饵的前面安置了一个捕兽夹——这样的话,水貂走近诱饵的时候就会踩到捕兽夹。之后,穆阿奇用雪和几片树叶把捕兽夹盖了起来。不到二十分钟的时间,穆阿奇就搭建了两个这样的小棚子,设置了两个捕兽夹。

　　"你为什么要搭建小棚子呢?"当他们重新出发时,罗德问道。

"冬季会下很多很多的雪。"穆阿奇答道,"搭建小棚子的话,大雪就不会落在捕兽夹上。要不然的话,一个冬天都得往外挖捕兽夹。水貂闻到肉的气味后,会进入小棚子里,然后捕兽夹弹起来,它就被夹住了。这些小棚子是专门为这些小动物搭建的,对猞猁就没用,猞猁要是遇到了小棚子,会绕着棚子走过来走过去,然后直接离开棚子。猞猁是一种很狡猾的动物。狼和狐狸也是这样的。"

"一只水貂值多少钱啊?"

"至少五美元。毛皮质量好的话,值七到八美元吧。"

在接下来的一英里中,穆阿奇又设置了六个捕貂夹。这时候小河沿着一条高高的山岭的边缘往前流淌,穆阿奇眼中开始闪现出新的兴趣来。他似乎不再仅仅专注于寻找毛皮动物的踪迹了。他不停地去扫视那条洒满阳光的山岭,前进的步伐也越来越慢,越来越谨慎。他说话时声音放得很低很低,罗德也学起他的样子来。两个人时不时地停下来,在空地上扫视着,寻找生命的迹象。有两次,他们在很明显有动物走过的地方设置了捕狐夹。在一个杂草丛生、乱石遍地的荒芜的沟壑中,他们发现了一只猞猁的足迹,于是在沟壑的两端分别设置了一个捕兽夹,但即便是在设置这两个捕兽夹的时候,穆阿奇仍然有些心不在焉。罗德和穆阿奇肩并肩地往前走着,左右相隔五十码,罗德一步也不敢领先于小心翼翼的穆阿奇。忽然,罗德听到一声低低的呼唤,然后看到穆阿奇冲自己打手势,一副激动得不得了的样子。

"狼!"等罗德走到穆阿奇身边时,穆阿奇如是说道。

雪地里有许多足迹,看起来非常像狗爪子留下的。"有三只狼!"穆阿奇高兴地接着说道,"它们今天一大早刚刚从这儿经过,现在应该在山上某个阳光很好的地方!"

于是他们沿着狼的足印往前走去。刚走没多远,罗德发现了一只兔子的尸体,旁边还有一些狐狸的足印。于是穆阿奇在这儿又设置了一个捕兽夹。又往前走了没多远,他们发现了一只食鱼貂的足迹,于是再次设置了一个捕兽夹。小河的冰面上有许多来来往往的驯鹿的蹄印,但穆阿奇对它们置之不理。第四只狼加入了狼群,然后第五只狼也加入了。半小时后,另外三只狼的足迹径直从罗德和穆阿奇追踪的那条足迹上横穿而过,然后消失在树木茂密的平原那边。穆阿奇高兴得笑开了花。

"附近有很多狼。"他大声说道,"这儿绝对是晚上捕狼的好地方。"

不久,小河从山岭处拐了个弯,蜿蜒着从一片不大的沼泽中流过。这里有很多野生动物的踪迹,罗德禁不住心跳加快,热血沸腾。有些地方,雪地被鹿蹄踩得乱糟糟的。每个方向上都有足印,几十棵小树的树皮都被蹭掉了。他们每往前走一步,都会发现猎物新的踪迹。穆阿奇现在走得格外小心翼翼了,甚至可以说他现在是在很痛苦地往前走。他悄无声息地摁倒每一根出现在前面的小树枝,一旦罗德的雪地靴碰到小树的树干,弄出响声来,他就惊恐万分地冲罗德打手势。十分钟过去了……十五分钟过去了……二十分钟过去了……他们就这样小心翼翼地屏着呼吸从沼泽上走过。

穆阿奇突然停下脚步,把手伸到身后冲罗德摆了摆,然后又把脸扭过来。罗德明白,他看到猎物了。穆阿奇慢慢地蹲伏在地上,并打手势让罗德悄无声息地慢慢来到自己身边。等罗德到达穆阿奇身后不远处时,穆阿奇把手中的猎枪往后递给罗德,压低声音说道:"开枪!"

罗德哆哆嗦嗦地接过枪,往沼泽前方望去,穆阿奇在他前面蹲伏得更低了。眼前的情景着实让他激动了好一会儿。至多一百码远的地方,一只漂亮的公鹿正在啃食一丛榛子的树叶,公鹿的前面还有两只母鹿。罗德费了好大的劲才镇定下来。公鹿的侧面正对着自己,头和脖颈往上仰着,这样的姿势太适合开枪了,一枪下去肯定能打中它的前腿。于是罗德瞄准了,扣动了扳机。公鹿痉挛似的跳了一下,随即倒地身亡。

罗德还没来得及看清这一枪的结果,穆阿奇就疾步往跌倒在地的公鹿身旁跑去,并且一边跑一边从身上解下包裹。等罗德到达猎物身旁时,穆阿奇已经取出了一个容量约为一夸脱①的大威士忌酒瓶。公鹿的鲜血注满了酒瓶。完成这项工作后,他举起酒瓶,露出非常满意的笑容。

"血是为狼准备的。狼闻到血的气味后,就会过来。今天晚上,我们肯定能捕到很多狼。没有血的话,就等于没有诱饵,也就捕不到狼!"

穆阿奇不再像往常那样沉默了,很明显,他觉得他当天的任务实际上已经结束了。把公鹿的部分内脏取走后,穆阿奇从

---

①夸脱:容量单位,主要在英国、美国及爱尔兰使用。英制1夸脱约为1.14升,美制1夸脱约为1升。

包裹中取出一根长长的皮绳，把皮绳的一端绕着公鹿的脖子缠了一圈，将另一端绕着公鹿的四条腿缠了一遍，在罗德的帮助下，他把公鹿吊在了树上。

"如果发生了什么事情，今晚我们回不到这里的话，它也不会被狼吃掉。"穆阿奇解释道。

俩人继续在沼泽中往前走去。走到沼泽的尽头时，微微升高的平原上覆盖了很多大石头，并且稀疏地生长着高大的云杉树和白桦树。在小河的对面，有一块巨石，这块巨石立马引起了穆阿奇的注意。这块巨石的三面都很陡峭，只有一面比较平缓，但即便是比较平缓的这一面，人也不能轻而易举地爬上去，必须得凭借旁边的一两棵小树的帮助。他们看到，巨石的顶部非常平坦，穆阿奇欢呼着把这一发现告诉了罗德。

"这可是捕狼的最佳地点！"他大声说道，"沼泽和山上有很多狼。我们可以把狼吸引过来，然后从那里开枪！"他指着十多码远之外的一丛云杉树说。

罗德看了看表，此时已将近中午，于是俩人坐下来吃起随身携带的三明治来。在赶回营地的路上，俩人仅仅浪费了几分钟而已。出了沼泽后，穆阿奇从他们设置陷阱的路线上径直拐了一个九十度的弯，然后攀登到了山顶上。这个山顶原本在路线的右边，这样抄近路的话，他们一下子离营地近了许多。站在山顶上，罗德四下眺望一番，发现身下尽是荒芜而高低不平的地表。山岭的一边缓缓降到平原上，而另一边则几乎是垂直的石壁，从山顶到石壁底部约有五百英尺高；石壁下有一条狭窄而阴暗的峡谷，一条小河从峡谷中穿过去。有好几次，穆阿奇都停下来，站在石壁的边缘，把身子往前探，顿时觉得有点眩晕。他定了定神，才又把目光投向下面。还有一次，他把胳膊伸到背后，抓住一棵小树，小心翼翼地把身子探向前，并解释起为什么非要往峡谷里面看："春天的时候，里面有很多很多的熊！"

罗德可没有想到熊。在罗德看来，峡谷两边的石壁之间那可怕的寂静、死一般的荒凉、蜿蜒流淌的小河，以及其他任何连冬季的阳光也照亮不了的神秘而暗淡的东西，似乎都藏着无尽的秘密。

罗德一边跟着穆阿奇往前走去，一边一次又一次地思考这个问题。他越是思考，就越是觉得事实就是这样。最后，他一下子激动起来，抓住穆阿奇的胳膊，指着后面，颤抖着说道："穆阿奇，你不是说峡谷之中可能有黄金吗？一定有的！"他是那么自信，虽然连他自己也感到这种自信怪怪的。

第八章　被人驯服的狼

从那时起,罗德就产生了一种抑制不住的奇怪愿望:他宁愿放弃冬季的捕猎计划,去寻找峡谷中可能存在的诱人的黄金——那可是千百年来许多人都渴求的东西啊。

　　上一次罗德告诉穆阿奇峡谷中埋藏着黄金的时候,穆阿奇咧开嘴笑了笑并耸了耸肩,俨然很惊讶的样子,因此,现在罗德只把想法埋在心底。直到抵达营地为止,两个人谁也没再吭声。罗德自从发现这条新的峡谷之后,大脑就一刻也没有闲下来。他专心致志地默记着经过的地方,根本没空跟穆阿奇闲聊;而穆阿奇本来就是一个沉默寡言的人,也没有找到什么可以打破沉默的话题。尽管两只眼睛一刻也没有偷懒,但罗德始终没有发现从哪个地方可以下去,进入峡谷中。这有点令人失望。因为他早已打算好了,一旦有机会,就立马进入阴暗的峡谷中进行探寻。他断定瓦比会加入自己的冒险活动。或者,他会在时间恰当的时候,一个人下去。也许对面的山岭上有一条道路直通到峡谷里面——他对这一点相当肯定。

　　俩人回到营地时,瓦比早已回来多时了。瓦比设置了十八个捕兽夹,开枪打死了两只云杉松鸡。松鸡肉已经被清洗好,并被列入晚餐菜单之中。在准备晚餐的时候,罗德向瓦比讲述了他和穆阿奇新发现的峡谷,并且把与这条峡谷相关的想法告诉了瓦比,但瓦比对此并没有表现出多大的兴趣。有好几次,瓦比都两手插在衣袋里站在那儿,全神贯注地思索着什么,或者在桌子边或炉子边心不在焉地给罗德和穆阿奇帮忙。终于,他从沉思中醒过来,然后从衣服的口袋中取出一个铜做的子弹壳来,把它递给穆阿奇。

"你看!"他说道,"本来我不想告诉你的,以免引起不必要的担忧,可是,这个子弹壳是我今天在路上发现的!"

穆阿奇紧紧捏着子弹壳,好像发现了一块金子似的。子弹壳里面是空的。子弹壳边上的字迹依然很清晰,上面写着:".35雷明顿。"

"啊!这是——"

"罗德的猎枪用的子弹壳!"

好一会儿,罗德和穆阿奇都吃惊地盯着瓦比。

"是口径为0.35英寸的雷明顿猎枪。"瓦比接着说道,"而且是子弹可以自动上膛的弹壳。像这样的猎枪,这一带只有三杆。我有一杆,穆阿奇有一杆,罗德的那一杆被武诺咖人抢走了!"

肉已经烤好了,穆阿奇赶忙把它取来放到桌子上。三个人都低下头默默吃起晚餐来。

"这是不是说明,武诺咖人就在我们附近?"罗德忽然开口问道。

"这正是我苦思冥想了整整一个下午的事情。"瓦比答道,"武诺咖人就在山的这一边,这是确凿无疑的事情,至少可以说，前不久他们到过这里。但是我不认为他们知道我们也在这儿。我是在离营地五英里远的地方看到武诺咖人的脚印的。脚印是至少两天以前留下的，有三个人穿着雪地靴往北方走去。我在后面跟着脚印走了一段，然后发现三个武诺咖人是从北方来的，所以我判断他们的营地在北方，他们来南边仅仅是为了打猎，然后又掉头回去了。我不认为他们会往更南边的地方来。可是我们必须提高警惕才行。"

瓦比绘声绘色地描述起武诺咖人拐弯时奇怪的脚印，穆阿奇听了很满意。瓦比表示他认为武诺咖人不会到自己的营地来时，穆阿奇赞许地点了点头。但即便如此，新的发现还是让三位猎人警惕起来。无论如何，他们面临着新的危险，这多少让他们觉得有些扫兴。等晚餐快结束的时候，一个作战计划已经出炉了。他们决不能等到遭受袭击的时候才进行防卫，那样的话很可能会处于不利的地位。他们应该随时寻找武诺咖人才对。如果发现新的脚印或者营地的话，他们应该主动追击。

太阳正要沉落到西南方的远山背后的时候，三位猎人再度离开了营地。从前一天晚上开始，沃尔夫就一直没被喂食，此时，沃尔夫早已饥饿难耐，焦躁不安，两个眼珠子不停地滴溜溜乱转。穆阿奇注意到了这一切，他满意地笑了起来。

三个人到达罗德打死公鹿的沼泽时，夜色刚开始降临，四周还没有完全昏暗下来。罗德把包裹和枪支背在身上，穆阿奇和瓦比合力把公鹿拖到那块巨石边。从城市来的少年罗德总算明白了老领路人的计划。他们砍倒了好几棵小树，穆阿奇和瓦比用一根很长的皮绳拖着公鹿，把它拉到那块巨石的旁边，然后又把它吊到巨石的平坦的顶部。他们把皮绳系在公鹿的脖子上，然后把绳子的另一端拽紧了拉到巨石与雪松丛之间——这里是猎人们将要藏身的地方。在其中的两棵雪松之间，三个十二英尺高的平台很快就被搭建好了，平台是用小树苗搭建的，三个人可以舒舒服服地趴在平台上等待狼的到来。等天色完全黑下来的时候，陷阱设置好了——在这一过程中，罗德仔细地观察了每一个细节。

穆阿奇从衣服里面取出瓶子，瓶子早已被他的体温焐热了，然后他把瓶子中三分之一的鹿血洒在了巨石和巨石下面的雪地上。剩下的鹿血，他一滴一滴很均匀地洒在了通往沼泽和平原的路上。

还有三个小时，月亮才升起来，三位猎人回到沃尔夫身边——沃尔夫一直被拴在山岭的半坡上。他们在一块石头边生起一小堆篝火，在等待月亮升起的这段漫长的时间里，他们一边烤着肉，吃着肉，一边反反复复谈论着白天的事情。

九点钟的时候，月亮开始从荒野的尽头升起。北方之夜里的这轮圆月似乎对罗德具有永恒的吸引力。月亮冉冉升到树上，像一个发着红光的微微颤动着的圆球。月光穿过云彩和雾气，洒在荒无人烟的原野上。月亮渐渐升高了。人眼几乎能看到月亮在移动。红色渐渐消退了，月亮变成一个介于金色和银色之间的明亮而柔和的圆盘。这时候，整个大地都亮堂起来了。穆阿奇轻声召唤其他人跟随在他身后，他牵着沃尔夫，从山岭上走下来。

　　绕了一个大圈，他们到了巨石的后面，然后穆阿奇在一棵小树边停下来，这棵小树离那只公鹿的尸体有二十码远。然后他将沃尔夫脖子上的皮绳拴在这棵小树上。刚把皮绳拴好，沃尔夫就开始兴奋起来。沃尔夫紧张地走来走去，用鼻子嗅着空气，留意着从每个方向吹来的风，发出愤怒的呜呜声。然后，它在雪地上发现了一小片血迹。

　　"过来！"瓦比拉了拉罗德的袖子，低声说道，"过来！轻点！"

　　他们溜回到云杉丛中，默默地观察着沃尔夫。沃尔夫僵直地站在那片血迹旁。它的头与颤抖着的肩膀齐平，耳朵微微倾斜着，鼻子嗅着从什么地方传来的奇异的令它兴奋的气味。被驯养的沃尔夫的本能再次被激起来了。它张开的鼻孔嗅到了血液的味道！不是营地中的血液的味道，也不是它亲眼看见的被人捕杀然后又被人拖走的猎物的血液的味道，而是被追逐的猎物的血液的味道！

　　沃尔夫忽然想起自己的主人，它扭头望了一眼。主人早已走开了。它既听不到主人的声音，也看不到主人的身影。它嗅到了人在这里经过的气味，可是人的气味时时刻刻都伴随着自己，因此它没有因为嗅到人的气味而不安。它被血液的气味迷住了。那是一种奇怪的气味，是猎物的气味——它越来越清晰地嗅到了这种气味。

　　它小心翼翼地在雪地上来回走动起来。它又发现了另外几处血迹。三位猎人这时候听到沃尔夫发出低沉而悠长的呜呜声——似乎这呜呜声马上就要变成狼嚎声。它顺着血迹往有猎物味道的方向走去。它的皮绳绷得紧紧的。它像只生气的狗似的，咬起皮绳来，但皮绳实在太结实了——它已经不是第一次咬皮绳了，但它早已忘记了皮绳是咬不断的这个事实。每过一分钟，它就更激动一些。它绕着小树跑来跑去，一口接一口地吞吃着带血迹的雪。每次停下来时，它都张着嘴巴，滴着口水，望着有公鹿尸体的方向。

猎物实在是太近了。敏锐的嗅觉让它意识到这一点。它心里升起强烈的欲望来——欲望把它啃噬和折磨得很难受——它要求追杀猎物——追杀猎物——追杀猎物！

它再次试着挣脱皮绳，疯狂地把积雪踢腾起来。它想咬断皮绳，去寻找荒野中的同胞们狂野而欢快的叫声。但它的一切努力都是徒劳。它气喘吁吁，可怜又无助地呜呜叫着。

然后它蹲坐在地上，皮绳依旧被绷得紧紧的。

良久，它把头扭向澄净的夜空，口鼻与双肩呈直角，肩上毛发竖立。

这时候它发出低沉而哀怨的呜呜声，像是爱斯基摩犬临死前的悲歌。呜呜声越来越悠长，也越来越响亮，后来变成了怪异的狼嚎声，从山谷中穿过，飘荡到遥远的平原上。它用嚎叫声向饥饿而瘦削的灰色的"荒野暴徒"发出了召唤——就像在战场上用冲锋号向士兵们发起召唤一样。

沃尔夫发出了三声这样长长的嚎叫声。还没等沃尔夫的嚎叫声完全消失，三位猎人就已经趴倒在云杉丛中的平台上了。

随后是一阵不祥的寂静，寂静过后，荒野即将醒来。罗德听到自己的心脏猛烈跳动的声音。他忘掉了刺骨的寒冷。他的神经震颤着。他往无边无际的平原上望去,原野上笼罩着银白色的月光,有一种神秘的美。瓦比比罗德更清楚接下来将会发生什么。在整个荒芜的原野上,狼的嚎叫声有着特殊的意义。远处,一个安静的湖泊边,一只母鹿听到沃尔夫的嚎叫声后,顿时吓得战栗起来。在山的那一边,一只公驼鹿抬起长着长角的头颅,瞪着眼睛,做好了应战的准备。半英里外,一只狐狸听到嚎叫声后立马停下脚步张望了一会儿,像只胆小的兔子似的逃跑了。沃尔夫的嚎叫声让零星散布在荒野中各个地方的瘦削而饥饿的动物都停下了脚步,把头转向嚎叫声发出的方向。这时,嚎叫声依然久久回荡在荒野中。

寂静终于被打破了。从远处,大约一英里外,传来一声应答的嚎叫声。听到应答声后,沃尔夫把皮绳绷得更紧了,它蹲坐在地上,再次发出了一声嚎叫——当它在道路上发现血迹或者准备猎杀的时候,就会发出这样的嚎叫声。

三位猎人在云杉丛中不敢弄出一点声音,全都敛声屏息。穆阿奇往后缩了缩,半撑起身子,做出了射击的姿势。瓦比一只脚向后紧紧绷着,猎枪举到了肩上。罗德今晚拿的是手枪,他把枪筒搁在一根树枝的分叉上,顺便让自己的手休息一下。

又过了片刻之后,从平原上很远的地方再度传来一只狼的嚎叫声,然后,西方的一只狼也跟着发出了嚎叫声。随后,从平原上又同时传来两只狼的嚎叫声,紧接着,从东北方也传来一只狼的嚎叫声。罗德和瓦比听到在十英尺外的云杉堆上的穆阿奇发出幸灾乐祸的咯咯的笑声。

听到越来越多同胞们的嚎叫声,沃尔夫叫得更疯狂了。新鲜的血味和负伤的猎物简直让沃尔夫快要疯狂了。现在,它也不再徒劳地挣扎着去挣脱皮绳了。沃尔夫明白,自己的嚎叫声已经把狼群聚集起来了。领头的狼的嚎叫声越来越近了。沃尔夫冲着不同的方向拼命地嚎叫着,一刻也不愿停下。

突然,从沼泽上传来一声急促而激动的叫声,瓦比紧紧抓住了罗德的胳膊。

"这只狼到了你杀死驼鹿的地方。"瓦比低声说道,"好戏马上就要上演了!"

瓦比的话还没说完,沼泽上就响起了一连串激动的嚎叫声,并且声音越来越近,像是荒野上饥饿而疯狂的暴徒在沿着两名印第安人拖走驼鹿的道路往前追踪似的。很快,那只狼嗅到了血的气味,旋即,三位猎人看到一个瘦削的身影飞快地从雪地上奔向沃尔夫。刹那间,它到了沃尔夫面前,顿时,二者都安静下来。然后,它们的嚎叫声同时加入了狼群的嚎叫声中。那只狼来到那块巨石的旁边,前腿搭在巨石上,悠长的嚎叫声变得更加激动了——它在通知同伴,这里有一只陷入绝境的猎物。

狼群很快聚拢过来。从山脚下跑过来一只狼,它径直到了巨石旁那只狼的身边——三位猎人竟然没有看到它是什么时候过来的。从沼泽地的对面又跑过来三只狼,现在,巨石旁边有好几只狼了,每只狼都愤怒地叫着,试图往巨石的上面攀爬——巨石顶上的猎物离它们太近了,可它们就是够不到,于是气急败坏。六英尺之外,沃尔夫蹲在地上,观察着越聚越多的同类。因为刚才一直试图挣脱皮绳,所以现在它已气喘吁吁,渐渐安静下来。沃尔夫一言不发地观察着前方的场景,尽管它知道那个激动人心的场景马上就要出现了——这群狼马上就要全军覆没。

穆阿奇说过,这是沃尔夫对同类的复仇。

穆阿奇发出一声轻微的警告声,然后瓦比将他的猎枪举到了肩上。巨石的下面,至少有十二只狼。渐渐地,穆阿奇拉住了那根皮绳——皮绳的另一端拴着那只公鹿的尸体。穆阿奇慢慢把皮绳往后拽,他感到越来越吃力——公鹿的尸体正在慢慢从平坦的巨石顶往下滑落。又过了一会儿,公鹿的尸体一下子跌落到焦急的狼群之中。

饥饿的群狼顿时扑到了公鹿的尸体上,就像一群苍蝇落在了一块糖果上。狼群拥挤着踩在公鹿的尸体上,争抢起来。正当它们挤成一团的时候,穆阿奇厉声喝令开枪。

一连五秒钟,云杉丛边发出一连串致命的火光——两杆猎枪和一把柯尔特手枪同时响起震耳欲聋的响声,淹没了狼群的叫声和争斗声。五秒钟结束时,三个人总共开了十五枪。之后,广袤而美丽的荒野再度陷入了寂静之中。巨石旁边,是死一般的寂静,只有偶尔一两声微弱而痛苦的喘气声打破这寂静——有几只狼躺在雪地里奄奄一息。

树林里响起安装子弹的金属的碰撞声。

瓦比率先开口说道:"我们干得太棒了,穆阿奇!"

穆阿奇没吭声,直接从树上溜了下来。瓦比和罗德紧跟着他也溜了下来,匆匆赶到巨石边。雪地上躺着五只狼。另外还有一只狼拖着身子绕到巨石的一边,穆阿奇冲过去结束了它的性命。第七只狼跑了十几步远，在身后留下一行殷红的血迹，瓦比和罗德赶到它身旁时，它躺在地上浑身抽搐，旋即也一命呜呼了。

"七只！"瓦比大声嚷嚷道，"这是我们最好的一次射击！一个晚上就挣了一百零五美元。还可以，是吧？"

瓦比和罗德拖着第七只狼回到巨石旁。穆阿奇僵直地仁立在月光下，如一尊雕像似的，他的脸朝着北方。他伸出胳膊，指着北方的平原，没有回头，说道："你们看！"

三位捕狼人看到，此时，静寂的荒野上，在很远很远之外的地方，升腾起一条灰黄的火焰。火焰越来越高，后来，淡淡的红光把那儿的天空都照亮了——一串连续不断的火焰高高地升腾在沼泽、森林和平原的上方。

"那是一棵燃烧的短叶松！"瓦比说。

"燃烧的短叶松！"老勇士穆阿奇也说道，然后又补充了一句，"是武诺咖人的信号！"

第九章　峡谷中的宝藏

在罗德看来，那棵燃烧着的短叶松非常近——距离他们一英里或者一英里多一点。两位印第安人凝视着奇怪的火焰，默默无言。罗德顿时明白了，肯定有什么不妙的事情。穆阿奇的目光阴沉，跟遇到野兽时极其愤怒的目光一样。瓦比涨红了脸，很焦急似的。罗德注意到，瓦比三次转过脸，不自然地看着穆阿奇。

慢慢地，就像狼身上潜伏的追猎和杀戮的欲望被唤醒了一样，在荒野中长大的瓦比和穆阿奇的青铜色脸庞上慢慢露出了长期潜伏的本能被唤醒的表情。罗德观察着这一切，心里激动起来。在老木屋后面时，他们曾决定要和武诺咖人开战。穆阿奇和瓦比已经摆脱了长期以来的心理束缚，以前他们不愿对敌人率先实施攻击，现在他们决定要主动袭击武诺咖人，并且时机已经来临了。那棵高大的短叶松整整燃烧了五分钟，然后火焰渐渐熄灭了，短叶松变成了一个闪着红光的东西。穆阿奇仍然一言不发地注视着，望着夜色中遥远的地方，表情凝重。

最终，瓦比打破了沉默："那里离这儿有多远，穆阿奇？"

"三英里。"穆阿奇毫不迟疑地答道。

"四十分钟就能赶到那儿？"

"对！"

瓦比扭头看了看罗德。

"你一个人能回到营地吧？"他问道。

"不能！如果你们去那儿的话，我就跟你们一起去。"罗德回答道。

穆阿奇发出一声刺耳的笑声，听起来让人很失望。

"不去那儿，不去那儿。"他一边重复着说道，一边摇着头，"再过五分钟我们就看不到那棵短叶松了。那样的话，我们不但找不到武诺咖人的营地，反而会留下脚印，武诺咖人明天早上就会发现我们的脚印。我们最好还是等一等，白天的时候再跟踪他们，然后开枪！"

听了穆阿奇的话，罗德长长地松了一口气。他不害怕战斗，虽然决定好了一旦看到武诺咖人就开枪，但他还是不太愿意立马就遇到武诺咖人。自己的枪支都被这帮暴徒抢走了。在这件事情上，他还是保持了相当的理智。他认为，迄今为止，武诺咖人还不知道他们也在附近活动，因此，那帮暴徒很有可能会离开捕猎地区，往北方前进。他希望事实就是这样——尽管他很想夺回被抢走的枪。如果现在就跟武诺咖人混战的话，自己寻找黄金的计划肯定会被打乱。

宝藏已经成了他心中最重要的东西。现在，他觉得什么东西都没有这个宝藏重要。只要时间充足，他肯定能找到宝藏，对此他非常自信。同时，他也非常确定另外一件事情，那就是，一旦与武诺咖人交火，自己一方肯定会损失惨重，甚至逃离这一地区。瓦比求战的心情虽然要强于寻找黄金的心情，但他也认为，此时即便武诺咖人只有一半的人马在，但相对于自己一方来说，武诺咖人也占有人数上的绝对优势——特别是在罗德的猎枪被抢走的情况下。

因此，看到袭击武诺咖人的计划暂停，罗德内心有点窃喜。这时候穆阿奇和瓦比去剥那七只狼的头皮了。沃尔夫则被允许去吃那只公鹿的尸体。

这天晚上，他们在老木屋里只睡了一会儿。三个人回到营地时已是凌晨两点钟了。从回到营地开始直到四点钟，他们一直围坐在热炉子旁讨论第二天的计划。罗德禁不住把三个人此时的激动心情与刚刚在山顶上的这个洼地中扎营时平静而喜悦的心情做了一番对比。短短的两三天而已，他们的计划已经发生了这么大的变化！此刻，三个人谁都明白处境有多危险。周围是一片理想的捕猎区域，可是这片捕猎区域却恰巧又是武诺咖人的地盘——至少，离武诺咖人的地盘非常近。他们随时都有可能跟武诺咖人发生激战，或者放弃自己的营地，但更大的可能是，他们跟武诺咖人进行一场激战之后被迫丢下营地逃走。

因此，他们实际上是围坐在炉火旁召开了一次军事会议。三个人一致决定：老木屋应该立即进入临战状态；木屋的每面墙上都得开一个枪眼；屋门上需要用新的结实的木条加固；身边还应该准备一块厚木板，这样的话，一旦木屋遭受攻击，就可以立马把窗户堵上。在战斗的阴云消散之前（如果真的能消散的话），营地每天都得留下一个人把守，并且两把左轮手枪得同时留在营地才行。明天天一破晓，穆阿奇就得沿着瓦比设置陷阱的路线走一趟，一方面是熟悉一下这条路线，另一方面是把这条路线再延长一些。再晚一些的时候,瓦比跟着穆阿奇去检查一下穆阿奇设置陷阱的路线上的棚屋,同时也再设置一些新的捕兽夹。这样的话,明天罗德得留在营地把守。

天还没破晓,穆阿奇就醒来了,他才睡了没多大一会儿。但他把早餐做好之后,才去喊醒同伴。吃完早餐后,穆阿奇抓起猎枪,说他要先去山的另一边检查一下捕捉水貂的捕兽夹,然后再去检查瓦比设置陷阱的那条很长的路线。罗德立即跟在他身后也出去了,留下瓦比洗刷餐具。

很快,他们就看到了小河边的陷阱棚。两人本能地盯着那些小棚子,没去留意前面或附近的地面。这时候他们听到身边响起一声非常粗重的鼻息声和什么东西踩在积雪中的声音。一只高大的公驼鹿从一小丛赤杨树中钻出来,像匹快马似的沿着山坡向山顶营地的方向跑去,很明显,它想在洼地中寻找最近的可以藏身的地方。

"等它到山顶上之后再说!"穆阿奇一边把猎枪端起到与肩头齐平的位置,一边说道,"先等等!"

现在开枪准能打中!罗德很不情愿地听从了穆阿奇的建议。但他明白,穆阿奇这样说肯定是有道理的,因此,他颤抖着的手指始终没有扣动扳机。当驼鹿的头颅刚刚出现在山顶与天空之间的天际线上方时,穆阿奇高呼一声,扣动了扳机。天地间连续响起三声枪响。

射程很近,不到二百码远,公驼鹿到达山顶的时候,穆阿奇只开了一枪。

眨眼间,公驼鹿不见了,罗德正准备冲上去寻找,穆阿奇拉住了他的胳膊。

"它被我们打中了！"穆阿奇咧开嘴笑了笑，"它往山坡下跑了几步之后，就跌倒在了营地边。等它到山顶的时候再开枪是最划算的啦！免得我们大老远地把它背回去！"

穆阿奇镇定自若，像什么事也没发生过一样，转身往捕兽夹的方向走去。罗德惊讶得张大了嘴巴，傻傻地站在那儿半天没动弹。

"我们去看看捕兽夹吧。"穆阿奇催促道，"我们回营地时会看到这只驼鹿的。"

罗德在城市里捕猎过的最大的动物是老鼠，因此不太相信穆阿奇的话，于是还没等穆阿奇接着说下去，他就撒腿跑到了山顶上。到达山顶后，罗德发现雪地上有一片被压得乱糟糟的雪，上面还洒了不少鲜血，这里是驼鹿中枪后第一次倒地的地方。正如穆阿奇所料，驼鹿已经死了，横躺在山顶的洼地中。

瓦比听到枪声后，匆匆穿过湖泊，几乎与罗德同时到达驼鹿的尸体旁。罗德很快发现，三颗子弹全部打中了。一颗子弹毫无疑问是穆阿奇打的，非常准确地打中了驼鹿的一只前腿，另外两颗子弹则打到了驼鹿的身上。看到自己开的两枪打中了，罗德高兴极了。他正绘声绘色地向瓦比描述着驼鹿逃跑时的情形，穆阿奇也上来了，把一只漂亮的水貂举了起来，罗德和瓦比赶忙凑过来看。

三位猎人一大早出门就有收获，真是可喜可贺。等穆阿奇准备去检查那条很长的路线时，三位冒险家都精神高涨，昨天晚上的忧虑心情一扫而光，况且，今天的天气也好极了——荒野上此时已洒满炫目的阳光。

　　直到吃午饭之前,瓦比都待在营地里,把驼鹿身上有用的部分取下来,帮助罗德加固屋门。早早地吃过午饭之后,瓦比出去检查穆阿奇设置陷阱的那条路线了。

　　现在罗德一个人在营地里,思路不再被人打断。他再次沉浸在探索那条神秘峡谷的想法之中。他在山岭上观察下面的峡谷时,注意到了一个现象:阴暗的峡谷中仅仅落了很少的一点雪。于是他急切地渴望能够在大雪降落之前或者十二月份猛烈的暴风雪将峡谷填满之前去探险一番。下午,他从木墙的壁龛中取出他们之前发现的那个鹿皮袋,一块又一块地检查起里面那些金块来。他发现,这些金块都被磨得异常光滑——这也正同他之前所预料的一样,每一块金子的棱角都是平滑的弧形。以前在学校里的时候,罗德最喜欢的课程就是地质学和矿物学之类的学科,因此他明白,这些金块的棱角之所以光滑,是因为被流水冲刷。他敢肯定,这些金块是在一条河流里面或者河流附近被发现的。他还敢肯定,这条河流就在那条峡谷里面。

　　不幸的是,罗德打算第二天一大早就去进行调查的计划又被打乱了。这天下午快到傍晚的时候,穆阿奇和瓦比回来了,瓦比背回了一只赤狐和一只水貂,穆阿奇则背回了一只食鱼貂,这只食鱼貂看起来像是一只刚刚结束幼崽期的小狗;并且,两人还告诉罗德,他们发现了一些奇怪的脚印,这让他们之前的想法发生了改变。穆阿奇发现了那棵燃烧过的短叶松,还在它周围发现了三个印第安人的脚印。其中一行脚印是从北方来的，另外两行是从西方来的。三个人据此推断出，从西方来的两个印第安人是在看到短叶松的火焰信号后才赶过来的。在他们设置陷阱的路线尽头，也就是离营地四英里远的地方，有一行单独的雪地靴的脚印，这行脚印与设置陷阱的路线方向相垂直，也通往北方。

这些新的发现迫使他们对昨晚已经商量好的计划做出新的安排。他们一致认为，从此，每天只能查看一条设置陷阱的路线，并且，去检查路线的时候需要两个人结伴才行，两个人还都得带上猎枪。对于罗德而言，这就意味着他探索峡谷的计划得放弃了——至少是暂时放弃。

一天又一天过去了，没有新的脚印再被发现。他们渐渐认为，武诺咖人已经离开这儿了。穆阿奇和瓦比从来没有遇到过像今年这样优质的捕猎区域，每次去陷阱路线，他们都能满载而归。倘若武诺咖人一直不来打扰的话，那么，明年初春他们回到瓦比诺什驿站后肯定能挣一大笔钱。除了许多水貂、几只食鱼貂、两只赤狐和一只猞猁外，他们还捕到了两只毛皮质量很好的杂色狐狸，剥了几张狼的头皮。这一切，都是在三个星期内收获到的。罗德偶尔会想到，这些成果将会改善自己和母亲的生活——在几百英里之外的家中，母亲每天都在等待着自己，也每天都在为自己祈祷。还有好几次，罗德都默默扳着指头计算还有多少天才能够回到驿站见到敏妮塔琪。

但罗德始终没有放弃去峡谷探险的念头。从一开始，穆阿奇和瓦比就对他的这个计划不怎么感兴趣，并且断言，就算那里有金子，也是不可能从积雪下面找到的。因此罗德一直默默等待着时机的到来——他要单独去峡谷中进行寻找。

十二月下旬的一天,天气很好,耀眼的太阳从地平线上升起,罗德觉得机会来了。这天轮到瓦比待在营地里,而穆阿奇认为现在来自武诺咖人的危险已经解除了,他独自去检查陷阱路线就可以。罗德带上充足的食物,拎起瓦比的猎枪,在包裹中装上双倍的弹药、一把刀子、一把斧头和一张厚毯子,动身前往峡谷。

瓦比站在门口目送罗德离开时,哈哈笑了起来:"祝你好运,罗德!希望你能找到金子!"他一边冲罗德挥手作别,一边高兴地说道。

"如果今晚我不回来的话,你们不要担心。"罗德回头说道,"如果事情乐观的话,我晚上就在峡谷里宿营,明天一大早接着寻找。"

罗德很快就到了第二条山岭上——上次的经历让他意识到,第一条山岭上根本没有通往下面的路。这一片区域在营地以南一英里的地方,之前还从来没有被猎人们探索过,但罗德相信,只要他沿着峡谷边缘走,就不会迷路——峡谷本身就是一个永远不会出错的向导。让罗德大失所望的是,他发现神秘峡谷南边的石壁跟北边的石壁一样陡峭,整整两个小时过去了,他始终没有找到可以让他攀爬下去的地方。越往前走,树木越茂密,他频频地发现大猎物的迹象。但他对这些置之不理。最后,他来到了一个地方,这里的森林沿着陡峭的山坡延伸下去。令他十分高兴的是,他发现,如果把雪地靴背在背上,他就可以利用自己的手爬下去。

十五分钟后，罗德已经到达峡谷的底部了，但也累得够呛。虽然气喘吁吁，他却觉得像打了胜仗似的。在他的右边，有一片带状的雪松林；在他的左边，耸立着高高的石壁，石壁是由黑色的碎石头构成的；在他的脚下，有一条小河——这条小河在他的"寻金梦"中所起的作用可太大了。河面上有的地方已经结冰了，有的地方没有结冰，能看到湍急的水流。前方不远处，峡谷变得非常阴暗，没有一丝阳光能射进来。他曾不止一次站在北边的山岭上往这个地方凝望。他一步步走向寂静而神秘的峡谷深处，双眼警惕地在峡谷中搜寻着，神经绷得紧紧的，期待着能发现什么。这时候他产生了一种感觉，觉得自己正在侵犯一片被施了魔法的领地，而这片领地上此刻有两个精灵正在看守着，因为宝藏就在这里。

头顶上高高耸立着的石壁之间的空隙变得越来越窄。寂静无声的昏暗中没有一缕阳光。小河汩汩地往前流去，在岸边的石头上激起浪花。除了这单调的流水声外，峡谷中连一声鸟叫或松鼠的吱吱声也没有。一切都像是死了一般。偶尔，罗德会听到峡谷上面低低的风声，可是没有一丝风能吹进峡谷里面。脚下的雪不算薄，踩起来软绵绵的。他的雪地靴仍然背在背上。

突然，从一处陡峭的石壁下的黑暗中传来一声轰响，罗德立即把枪举到与肩齐平，寻找起那神秘的声音。他看到一只个头很大的猫头鹰被惊起来飞走，然后他继续往前走。他时不时地在小河边停下来，用手捞上来几把小石子，每一次他都非常希望捞上来的石子间能闪现出光芒来。虽然这个愿望一次也没有实现，但他一点也不气馁。黄金就在这条峡谷里的某个地方。这是毫无疑问的事情，他一点也不怀疑。就像他还活在这个世界上是毋庸置疑的事情，就像他此刻正在寻找黄金是毋庸置疑的事情。周围的一切都让他觉得这是毋庸置疑的事情——一块块高高耸立着的裂着缝的巨石、貌似马上就要倒塌下来的石壁，以及小河边数不尽的小石子都让他对自己的判断确信无疑。甚至峡谷中寂静而神秘的空气也仿佛在向他诉说：宝藏就埋藏在这里。

峡谷中盘旋着神秘而不可捉摸的东西，这种看不见的神秘的东西告诉罗德，一定要一步一步地往前走，一定要走得再慢些，再小心些，因为哪怕是极其细微的脚步声也会把凶恶的敌人惊醒。罗德就这样慢腾腾地往前走着，慢慢走近了一个活物。他离它很近了，但仍然没有惊动它。在前方不到五十码的地方，他发现有个东西在石头间慢慢地移动着。是一只狐狸！还没等狐狸发现自己，罗德就开枪了。

雷鸣般的回声在峡谷中回荡起来。雷鸣声顺着峡谷往远方传去，回声不断地传来，罗德站在昏暗的石壁下聆听起来，身体不由自主地颤抖着。最后的回声消失之后，他才走到刚才狐狸倒下去的雪地上。这是一只银狐，不是黑狐，不是！

罗德的心激动地猛跳起来。脚下淌着血的这只狐狸是自己见过的最漂亮的狐狸——它长着一身浓密的黑毛，黑毛的尖梢却是银灰色的。

然后，在寂静的峡谷中，罗德高声欢呼起来："是只银狐！"

罗德高声呼喊着。整整五分钟，他都站在原地，打量着自

己的"战利品"。他把银狐抱起来,拍打了几下,按照瓦比和穆阿奇所说,这只狐狸的毛皮比现在营地中所有的毛皮加起来还要值钱。

他没打算剥它的皮。他把银狐装进包裹里,继续悄无声息地慢腾腾地在峡谷中往前走去。

他已经走过当初站在上面俯视狭窄而封闭的峡谷时所看到的那个地方了。峡谷中变得更荒芜也更阴沉了。有时候,头顶上的两道石壁像是要碰到一起似的。在悬垂到谷底的高大的崖壁下,是更深的黑暗。他一边往前走着,一边入迷地打量着这雄壮而孤独的景象,忘记了时间。一英里又一英里过去了,他却一点也没觉得疲劳。他没有吃东西的欲望。他只在小河边停下过一次,还是为了喝水。他去看手表的时候才吃惊地发现,已经是下午三点钟了。

现在往回赶的话,肯定太晚了。又过了不到一个小时,峡谷中愈发昏暗了,几乎已经到了夜晚。罗德终于找到了一处理想的宿营地点,他停下来,甩掉包裹,搭建起雪松棚屋来。等棚屋搭建好之后,他又收集了足够多的木柴,准备晚上生火用,然后,他开始准备起晚餐来。他随身携带了一个桶,没多久,咖啡的诱人味道和烤肉的味道便弥漫了整条峡谷。

罗德坐下来准备吃晚餐时,石壁之间的峡谷中已经完全黑了下来。

第十章　不可思议的梦

寂寞悄悄袭上冒险家罗德的心头。他一边吃着晚餐,一边往神秘的黑暗深处窥视着。峡谷上方传来一个声音,那是夜行动物发出的,罗德不禁打了一个寒战。他不害怕,他也不会承认自己害怕。可是,峡谷中除了令人害怕的寂静外,还是令人害怕的寂静,除了他之外这里什么人也没有,至少已经有半个世纪没有人踏足过这条峡谷了。想到这里,他不由自主地颤抖起来。峻峭的石壁间蕴藏着什么秘密呢?这里会发生什么事呢?周围的一切都是那么怪异和不可思议,这里怎么跟峡谷外面的荒野那么不一样呢?

罗德笑起来,他想用笑声驱走紧张,但结果适得其反。他的笑声引起了一串很不自然的颤抖着的回声,低沉而空洞的笑声撞击着石壁。笑的声音也太小了——罗德心想,想到这儿,他往火堆边挪了挪身子。罗德不迷信,至少他不会有意去迷信。但是,不论是谁待在这样一条峡谷中,心里都免不了会偶尔生出恐惧来。这是一种特殊而莫名其妙的恐惧。

罗德往火堆里添了很多木头,然后躲进温暖的雪松棚屋中,心中升起无名的恐惧来。他怎么也无法入睡,他不觉得劳累,他只有一种感觉——孤独。是的,绝对是孤独,在这条神秘的死一般沉静的峡谷中,他觉得孤独极了。他试着克制自己不去想,但没用,他脑海中不自觉地把第一次在木屋中看到的一切和宝藏联系起来。

很多很多年前,或许是在自己的母亲出生之前吧,木屋里的人曾经来到这条峡谷。他们和自己喝过同一条小河里的水,和自己爬过相同的石头,或许当初他们就是在自己现在所在的地方宿营的!他们也曾是鲜活的生命,他们也曾在无边的寂静中侧耳倾听,他们也曾凝视着石壁上火光跳动的影子,然后发现了宝藏!

此刻,如果罗德可以施展魔法让自己飞走的话,他一定会立马飞回到山顶上的营地中。他侧耳倾听着,他听到从自己走来的方向远远地传来孤独、哀怨而近乎恳求的哀嚎声!

"哈喽——哈喽——哈喽——!"

像是有人在打招呼似的,但罗德明白,这是被惊醒的"人声猫头鹰"发出的。那声音听起来太像是人的声音了,回声轻轻地传过来,后来声音变得越来越低,像是有人在黑暗之中窃窃私语似的。

"哈喽——哈喽——哈喽——!"

罗德感到一阵战栗,把猎枪放在膝盖上。猎枪让他平静了许多。他用手指抚摸着猎枪,有几次,他觉得自己很想开口跟猎枪说话。只有那些去过荒凉而寂静的未曾被开发的荒野的人才能明白,一杆好猎枪就是主人最好的朋友,也是主人最忠实的伙伴,让主人免遭饥饿,脱离凶险的敌人。夜晚睡觉时,床边有了猎枪的话,安全就有了保障。白天做事时,身边有了猎枪,就等于身边有了一条警犬。不论什么人,都没办法通过给猎枪施加恩惠和关爱而让猎枪背叛它的主人。正因为这样,罗德才低下头打量着自己的猎枪。他用戴着连指手套的手擦了擦枪筒。孤寂无聊中,他把枪托擦得锃亮锃亮的。尔后很长很长的时间里,他都睁着眼睛躺在棚屋中,但后来,他终于紧紧攥着猎枪睡着了。

但他整整一夜都没有睡安稳,他不停地做噩梦,白天时的幻觉和恐惧更为形象真实地出现在他的梦中。他半靠半躺在雪松枝条堆上,头往胸前低垂着,双脚伸到火堆边。他时不时说着含混不清的梦话。有时候他猛地坐起身来,像是要醒来似的,但他最终又往后躺下了,回到了不安稳的睡眠之中,但那杆猎枪却始终攥在他手中。

他脑海中出现的幻觉变成了更具体的形象。在梦中,他再次走在路上,来到了古老的木屋边。但这一次他是独自一人。木屋的窗户敞开着,但门紧闭着,就跟他们第一次来到洼地中时发现的那样。他小心翼翼地走近木屋,等走得离窗户很近很近的时候,他听到屋子里发出奇怪的声音!

他在梦中一步步走近窗户,往里面望去。屋里的情景让他倒吸一口凉气。两个人正在打架!他们的手中各握着一把寒光闪闪的刀子,像是在为了争夺桌子上的一件什么东西而搏斗。一会儿这个人的手差点够到那件东西了,一会儿另外一个人的手差点够到那件东西了,但谁也没有真正够到。

声音越来越大,搏斗也越来越猛烈,两把刀子不时地掉落在地上又被捡起。然后一个人蹒跚着往后退去,倒在地上。得胜的那个人摇晃了一会儿,然后踉踉跄跄地走到桌子边,用枯瘦的手指抓起桌子上的那件神秘的东西。

等他瘫软地靠在屋门边时,罗德看到,他手中攥着的那件东西竟是一卷桦树皮!

尚未熄灭的火堆的余烬中发出噼噼啪啪的声音,像是手枪在连续射击似的,罗德一下子坐起身子,醒了过来,盯着前方,瑟瑟发抖。多可怕的一场梦!他收回痉挛的腿,走到火堆边,蹲下来,一只手握着猎枪,一只手往火堆里添加木柴。

多吓人的梦!

他打量着周围深不可测的漆黑的夜色,脑海中不停地浮现着刚才吓人的梦境!多吓人的梦啊!

他再次坐下来,观察着火堆上的火焰,火焰升腾得越来越高。光亮和温暖的火堆让他高兴起来。又过了没多大一会儿,他仔细地回忆着这吓人的梦境中的每一个细节。想着想着,他出汗了。他脱掉帽子,发现额上的头发已经湿了。

他依次回想着梦中的一个个场景,然后,他突然想起了那人手中高举着的那件东西——那闪着微光的枯瘦的手中攥着一卷桦树皮。想到梦中的这一场景之后,他又想到了一件事:他和同伴在木屋里曾看到一卷桦树皮!

难道那卷被压皱的桦树皮中藏着失落的宝藏的秘密吗?

时间一分一秒过去了,罗德忘记了孤独,也忘记了紧张,他只顾着去思考梦中发现的新线索。瓦比和穆阿奇当时看到了那卷桦树皮,但他俩根本没有觉得那卷桦树皮有什么特殊的意义,当然罗德自己当时也没有觉得它有什么特殊意义。罗德又回忆起,他们当时并没有在地上发现其他的桦树皮,否则他们直接就把桦树皮当火种材料使用了。他又仔细地回忆起他们第一次到达老木屋的情形来,然后,他越来越敢肯定一件事——那卷桦树皮对他们来说非常重要!

罗德再次往火堆里添了些木柴,焦急地等待着黎明的到来。四点钟的时候,浓浓的夜色尚未被黎明驱散,罗德就开始做早餐了,并且整理好了自己的包裹,他打算吃完早餐立马就回营地。随后不久,一缕光线从峡谷的上方射了进来。光线慢慢地投射到越来越靠下面的地方,后来,罗德能够辨认出附近的物体和峡谷的石壁了。

他沿着昨天的来路往回赶的时候,峡谷中仍然很昏暗。回去的路上,他跟昨天一样谨慎,甚至比昨天更谨慎。他小心翼翼地仔细查看着前方的石头和小河。昨天在峡谷中发现了狐狸,今天他有可能还会发现更多的动物。

很快,天色大亮了,罗德大步流星地走起来。他计算了一下,如果他不再浪费时间去研究这条小河的话,那么在中午的时候他就能赶回营地,然后他们就可以立马把那卷桦树皮挖出来。尽管今年的冬季来得迟一点,峡谷中还是有少许的雪。如果黄金宝藏的秘密确实是藏在那卷桦树皮中的话,他们应该能够赶在大雪降落之前找到宝藏的位置。

在昨天打死银狐的地方,罗德停留了一会儿。他很奇怪,狐狸不是都是一对对地出入吗?他后悔之前没有向瓦比和穆阿奇请教过这个问题。他能看到狐狸从里面钻出来的那道黑色的石壁。在好奇心的驱使下,他往那道石壁走去。往前走了二百码左右,他突然惊讶地停了下来。他看到前面的雪地上有一行清晰的脚印,是一双雪地靴留下的脚印!这行脚印是在自己昨晚射杀完银狐之后才留下的——因为银狐的爪印被这双雪地靴的脚印踩在了下面!那么这是谁留下的脚印呢?

峡谷中的另外一个人是谁呢?

会是瓦比吗?

瓦比或者穆阿奇来过这里?或者——

他再次打量了一番那行脚印。这是一行很特殊的脚印,是跟自己的雪地靴不一样的靴子留下的。脚印比自己的脚印长一英尺,也比自己的脚印宽。瓦比和穆阿奇的雪地靴不会留下这样的脚印!

正在这时,这行脚印拐了个弯,消失在石壁边的石头间。这让罗德想起,或许这个陌生人并没有察觉自己也在峡谷中。想到这一点,罗德便高兴了许多,但很快他又失望了。他小心翼翼地往前走着,猎枪端在手中,双眼扫视着前面的每一个隐蔽的地方。前方一百码远的地方,这个陌生人停下了脚步。通过雪地上被踩踏得很瓷实的脚印,罗德可以断定,脚印的主人以一种侧耳倾听的姿势伫立了很长时间。从这个地方开始,脚印又拐了个弯,往前走了一段,脚印的主人躲避在一块大石头后面,小心翼翼地探出头往外观察罗德留下的脚印。

很显然,这个人非常焦虑,他担心他的脚印被发现。从这里开始,这个神秘的侦察员一直都躲在石头后面往前走,直到再次来到一处石壁的下面为止。

罗德困惑极了。他意识到了自己处境的危险,但他不知道应该怎么去躲避危险。这行脚印是狡诈的武诺咖人中的一员留下的，对此他很肯定。这个武诺咖人不仅知道自己在这儿，而且就藏在前面的哪块石头的后面，或许此刻正埋伏好了准备袭击自己。自己应该沿着脚印往前走吗？还是到对面的石壁下从石头中间潜行比较安全？

他决定了，要从对面的石壁下的石头中潜行，但就在这时，他看到自己左边的石壁上有一道很窄的裂缝，这行脚印似乎就进入了这道裂缝之中。罗德把猎枪端在手中，做好了随时开枪的准备，然后慢慢走到裂缝边。他很惊讶地发现，这道裂缝太完美了，它不到四英尺宽，一直缓缓地向上延伸到山岭的顶部。这个神秘的武诺咖人在这道裂缝的入口处把雪地靴脱掉了，罗德能看到他从裂缝中往上爬的痕迹。

罗德长长地松了一口气，沿着谷底匆忙往前走去，他尽量紧紧地贴着石壁走，这样的话，这个武诺咖人在上面就不容易发现自己。他现在不再害怕危险了。这个陌生人已经沿着石壁的裂缝攀爬到山顶上了，并且，之前这个陌生人一直都尽量在石头间隐藏他的脚印。很显然，他并没有谋害自己性命的企图。罗德现在的主要任务就是不要在峡谷中暴露自己。罗德暗自疑惑了好长一段时间，独自揣摩了好一会儿这个武诺咖人的行动。与穆阿奇和瓦比的看法相反，罗德认为那帮红皮肤暴徒已经完全察觉到他们三个人就在那片洼地中了。武诺咖人的第一个行为就无法解释，但是他们又从来没有在三个人设置的陷阱路线上留下过雪地靴的脚印。

这一事实本身难道不重要吗？罗德属于那种逻辑思维能

力比较强的人,并且,他非常聪明,好奇心也非常强,不论发生什么事情,他都喜欢进行推测和判断。此时,罗德的探索欲被前所未有地点燃了。但罗德所犯的最大的错误是,他把大多数的想法都放在心底,因为他觉得穆阿奇和瓦比都是从小在荒野中长大的人,他们对荒野中事物的特征、规律和在荒野中所遇到的危险的判断是绝对不会出错的。

第十一章　桦树皮的秘密

将近中午的时候,罗德回到了山顶上。站在山顶上,他可以往下看到营地。他非常高兴,充满了期待,面带着微笑,兴致勃勃地往洼地中走去。一想到肩上沉甸甸的银狐,他就更加开心。他想好了,见到穆阿奇和瓦比之后,一定要悠着劲儿逗逗他们——他们肯定会又惊又喜。

他走近木屋时,装出一副无精打采的劳累样子,他装得蛮像的,却怎么也忍不住想笑。瓦比在门口遇到他之后,咧开嘴笑了起来,穆阿奇用他独特的咯咯的笑声欢迎他的归来。

"哈哈!罗德背回一袋子黄金!"瓦比摆出一副期待的样子来,"让我们看看你的黄金好吗?"他一边开着玩笑,一边热情地欢迎罗德的归来。

罗德把包裹从肩上扔下去,摆出一副无精打采的样子,一屁股坐在了椅子上,像是精疲力竭似的。

"你得先把袋子口解开。"罗德答道,"我太累了,也饿坏了。"

瓦比一下子真的关切起罗德来。

"我相信你是真的累坏了,并且也很饿,罗德。我们马上就吃饭。嘿!穆阿奇!把肉摆上来好吗?"

随即响起一阵碗罐的碰撞声,瓦比兴奋地对着罗德的脊背捶了一拳，然后往桌子边走去。显然，瓦比非常高兴，他一边切着面包一边哼起小曲儿来。

"看到你回来，我真的很高兴。"瓦比说道，"因为我一直都有点担心你。我们昨天的收获太大了，又逮住了一只杂色狐狸和三只水貂。你看到什么了吗？"

"你不看我的包裹了吗？"

瓦比转过身，微笑着，半信半疑地盯着罗德看了一会儿。

"包裹里有什么东西吗？"他疑惑地问道。

"你过来看看啊，瓦比！"罗德兴奋得忘乎所以，"我说过宝藏就在峡谷里面嘛，结果确实是这样，宝藏被我找到了。你打开包裹看看就知道了！"

瓦比丢下手中切面包的刀子，来到包裹边。他用脚尖踢了踢包裹，然后用手提起包裹，再次盯着罗德。

"你没开玩笑吧？"他问道。

"没有。"

罗德转过身，平静而自然地脱起外衣来，好像他觉得把一只银狐带回营地是一件极其稀松平常的事情似的。瓦比惊讶得大声叫起来时，罗德才转过身，发现瓦比直直地站在那儿，手中抱着银狐，目瞪口呆地盯着穆阿奇。

"还可以吧？"罗德问道。

"太漂亮了！"瓦比高声答道。

穆阿奇接过银狐，用专家的眼光仔细地检查了一遍。

"好极了！"穆阿奇说，"在驿站上能卖五百美元，在蒙特利尔的话，能再添三百！"

瓦比大步流星地走进木屋,伸出手说道:"握手庆祝,罗德!"两位少年紧紧握住了彼此的手,又扭过脸看着穆阿奇。

"穆阿奇,请你做证,从今天起,罗德不再是一个新猎手了。他射中了一只银狐。他一天就干完了一个冬天的活。我向你脱帽致敬,罗德同志!"

罗德的脸一下子红了,但他很高兴。

"但远远不止这些,瓦比。"他说道,他的目光忽然变得极其认真,并且怪怪的。瓦比看到罗德这个样子,竟然忘记了松开罗德的手。

"你不是说你发现了——"

"不是,我没有发现黄金。"罗德打断瓦比的话,"但黄金确实就在峡谷里面!这一点我知道。我已经找到了一条线索。你们还记得吗?我们检查木屋时,发现了一卷桦树皮似的东西。我认为那卷桦树皮就是找到黄金宝藏的'钥匙'!"

穆阿奇此时已来到他们身边,他好奇地聆听着罗德的话。瓦比半信半疑地看着罗德。

"很可能就是这样。"他慢慢说道,"看一看的话,没什么坏处。"

他走到炉子边,把没烤好的肉取下来。罗德迅速穿上外衣,戴好帽子,穆阿奇抓起斧头和铲子。三个人一句话也没说,但彼此很默契,他们要赶在吃晚餐之前检查一下那卷桦树皮。瓦比默不作声,一副深思的样子。罗德明白,自己的建议至少让他动心了。穆阿奇的眼中重新焕发出光彩来。

东西就埋葬在冻土下几英寸深的地方,并且不远,就在雪松林的边上。很快,他们就找到了那卷桦树皮。

罗德站起身时,手中拿着那卷桦树皮,此时,他已是脸色煞白。三个人重回到木屋中。

三个人依旧谁也没吭声,默默围坐在桌子边。因为年月太久,所以桦树皮已经变硬了,紧紧地卷在了一起,罗德手中捏着的那一段像一段薄薄的钢片似的。桦树皮被慢慢伸展开,发出清脆的咔嚓咔嚓声。三位猎人看到,桦树皮是连在一起的一卷,约有十英寸长、六英寸宽。展开两英寸了,展开三英寸了,展开四英寸了……展开部分的表面上什么也没有,但很光滑。又展开了半英寸之后,桦树皮很难再往下展开了。

"小心点!"瓦比低声说道。

罗德用刀尖轻轻剥离着桦树皮粘在一起的地方。

"我想里面什么也没有——"罗德终于开口了。

他虽已开口说话了,但仍然屏着呼吸。桦树皮上出现了一道痕迹——一道黑色的没有意义的痕迹构成了一条线,一直延伸到桦树皮尚未被展开的部分之中。

又展开了一点点,这条线的尽头连接着另外一条线,然后,出乎所有人意料的是,桦树皮剩下的部分像弹簧似的自动展开了——桦树皮的秘密就这样展现在三位捕狼人的眼前。

一幅地图呈现在他们眼前,或者至少这时候他们认为这是地图,尽管事实上它顶多是一幅由直线和曲线构成的草图而已;并且地图上几个不同地方的字都已脱落,所以句子的意思也让人读不懂了。有几个地方很显然以前是写有文字的,但现在已经全部看不清楚了。首先引起三个人注意的是桦树皮

上的草图下面有几行文字，仍然很清晰，写的是三个人名。

罗德大声读道："约翰·波尔，亨利·兰格罗伊斯，彼得·普兰特。"

约翰·波尔的名字中间画了一条很粗的黑线，这条黑线差点让名字看不清楚了。在这黑线的尽头有一个括号，括号里面写着一个法语单词，瓦比很快就把它翻译出来了。

"已死！"瓦比说道，"约翰·波尔是被法国人杀死的！"瓦比抑制不住内心的震撼，脱口而出。

罗德没有应答。他用一根颤抖着的手指指着地图。他看到的第一个单词已经模糊不清，识别不了了。第二个单词，他仅仅能辨认出一个字母，这让他猜不出具体含义。很明显，画地图用的墨水跟写人名用的墨水不一样，画地图用的墨水的耐用性更差一些。他沿着第一条黑色的线条往下看去，在这条线与一条更粗一些的曲线交会的地方，有两个很清晰的单词，意思是"第二条瀑布"。

往后半英寸的地方，罗德分辨出了"T""D""L"这三个分得很开的字母。

"这是'第三条瀑布'。"罗德急切地说道。

在这个地方，草图的粗线条停住了，在它的正下方，在地图与三个人名之间，很明显以前写了不少单词，但罗德和瓦比现在连一个单词都识别不出来。毋庸置疑，这些单词是找到黄金的关键信息。罗德抬起头，脸上露出极其失望的表情。他明白，巨大的黄金宝藏的秘密就捧在自己的手中，但此刻他却比以往任何时候都更为困惑。在这片广袤的荒野中的某个地方，有三条瀑布,在第三条瀑布的附近,一名英国人和两名法国人发现了黄金。他所能知道的就这么多。他在峡谷里面时,连一条瀑布也没看到。他们三个人在捕猎活动和设置捕兽夹的过程中,也不曾发现一条瀑布。

突然,瓦比伸出手取过桦树皮,凑近眼前,仔细地检查起来。检查了一会儿之后,他的脸变得更红了,眼睛中焕发出光彩,然后,他发出一声兴奋的欢呼。

"天哪,我们可以把它剥开!"他大声嚷道,"往这儿看,穆阿奇!"他把桦树皮递到穆阿奇的眼前。穆阿奇的手颤抖起来。

"桦树皮是由很多层组成的,每一层都跟薄纸一样薄。"罗德向穆阿奇解释道。穆阿奇继续检查着桦树皮,罗德接着说道:"如果我们能把第一层剥下来,对着阳光把它举起来,我们就能看到当初写在上面的每个单词的印痕了,哪怕那些单词是一百年前写的!"

穆阿奇已经走到门口了,然后,他转过身,露出牙齿,高兴地笑了笑。

"剥掉它!"

穆阿奇把他揭开的薄膜似的那一层的一个角展示给罗德和瓦比看。然后他坐在阳光下,低着头,专心致志地执行起这项艰巨而单调的工作来;在此期间,瓦比和罗德忧心忡忡地在一旁默默观察着。半个小时后,穆阿奇伸展了一下身子,站起身,把珍贵的薄膜递给罗德。罗德小心翼翼地捏着这卷桦树皮,好像自己的性命就寄托在这卷桦树皮上似的。在他和阳光之间,是一片柔软而近乎透明的薄片。他忍不住惊呼了一声。

瓦比也跟着惊呼了一声。然后俩人又陷入沉默之中——静得能听到他们的呼吸声和激动不已的心跳声。

地图上的那些单词像是昨天才写上去似的，它们一一展现在俩人的眼前。之前罗德仅仅分辨出三个字母的地方，现在可以很清晰地分辨出来三个单词——"第三条瀑布"，在离这三个单词非常近的地方写着另外两个单词——"木屋"；它们的下面是几根线条，线条很清晰地在这卷薄膜似的桦树皮上留下了印痕。

慢慢地，罗德的声音颤抖起来，向同伴读道：

兹有约翰·波尔、亨利·兰格罗伊斯与彼得·普兰特三个人在瀑布下发现黄金，三个人一致做出如下约定：三个人共同拥有黄金，每人均享有相同份额的所有权，三个人愿放弃所有分歧，以友好和公平的态度处置黄金。

签字人：约翰·波尔、亨利·兰格罗伊斯、彼得·普兰特

在地图的最上方，罗德又看到了另外几个单词的印痕。这几个单词的印痕比其他单词的印痕要模糊许多，但他还是一个一个识别出来了。他的眼睛熠熠闪光，他觉得自己的心脏快要蹦到喉咙中了。

瓦比呼吸加快，脸也涨红了，然后，他大声念道："木屋及峡谷源头。"

罗德回到桌子边坐下来,手中仍然捏着宝贵的桦树皮。穆阿奇一直都站在旁边一言不发,静静地听着,好像被罗德和瓦比的新发现弄晕了似的。但现在,他回去继续烤肉了。瓦比双手插在衣服口袋里,站在那儿,过了片刻之后,他高兴地笑了起来,笑声有些颤抖。

"罗德,你找到你的宝藏了。你发财了!"

"是我们找到了我们的黄金宝藏。"罗德更正道,"我们是三个人,正好跟约翰·波尔、亨利·兰格罗伊斯和彼得·普兰特一样。他们三个人都已死去。黄金宝藏是我们的!"

瓦比拿起了地图。

"我们肯定能找到黄金宝藏。"他说道,"上面指示得一清二楚。我们沿着峡谷走,然后在峡谷中的某个地方,我们会遇到一条瀑布。峡谷中的这条小溪流在前面不远的地方变成了一条更大的溪流。我们沿着第二条溪流或者小河往前走,会遇到第三条瀑布。木屋就在第三条瀑布那儿,黄金肯定也在第三条瀑布附近。"

他再次把地图带到门口,罗德也跟了过去。

"地图上没有显示距离的任何信息。"他接着说道,"我们得沿着峡谷走多远?"

"至少十英里。"罗德答道。

"你发现了瀑布没有?"

"没有。"

瓦比从地上捡起一块小木片,测量了一下地图上各个点之间的距离。

"毫无疑问,这幅地图是约翰·波尔画的。"他沉思了一会儿后说道,有很多事实都可以说明这一点。发现没有?除了亨利·兰格罗伊斯和彼得·普兰特的签名之外,所有的文字都是同一个人书写的,如果你不是事先根据下面的签名知道他们的名字的话,你几乎就不能辨认出协议正文中的人名来。波尔的书法很好,从签名上方的协议书的行文风格来看,他是一个接受过良好教育的人。你们同意吧?那么,他画地图的时候,肯定会考虑到距离的问题。第二条瀑布与第一条瀑布之间的距离是第三条瀑布与第二条瀑布之间距离的一半,在我看来,这就是他画地图时已经把距离问题考虑在内的铁证。如果他没有考虑过距离的话,那么他就不会用这种方式把三条瀑布分开。"

"那么,如果我们能找到第一条瀑布,我们就可以轻而易举地计算出最后一条瀑布离峡谷源头有多远。"罗德说道。

"对!我认为,这里到第一条瀑布之间的距离是所有事情的关键。"

罗德从衣袋中拿出一支铅笔,在小木片光滑的面上计算起来。

"黄金离这里有一段很远的距离,瓦比。我沿着峡谷走了十英里。如果我们在十五英里内找到第一条瀑布的话,那么,按照地图所示,第二条瀑布与第一条瀑布之间将有大约二十英里的路程,第三条瀑布与第二条瀑布之间大约有四十英里。如果第一条瀑布离咱们的木屋有十五英里的话,那么第三条瀑布离这里有接近七十五英里。"

瓦比点了点头。

　　"可是我们很可能在十五英里之内找不到第一条瀑布。"瓦比接着说道,"天哪——"他停下来,用疑惑的目光看了看罗德,"如果黄金离这儿有七十五英里或者一百英里远的话,那么那些人为什么会在这里呢?并且他们手上只有这么少的一点金块吗?有没有这种可能,金矿已经枯竭了?他们找到的金块只有鹿皮袋中的这么多?"

　　"如果是这样的话,那他们为什么还不要命地争夺地图?"罗德争辩道。

　　穆阿奇正在给烤肉翻面。他一直都没吭声,但此时插话了:"或许,他们是拿金子去驿站上换生活必需品。"

　　"一定是这样的情形!"瓦比大声嚷道,"穆阿奇,你一下子解决了所有的问题。他们是去换取生活必需品的。他们不是为了那卷地图而打起来的!至少,不仅仅是为了那卷地图!"

　　他的脸再次兴奋得涨红了。

　　"或许我的想法是错误的,但目前我是这么认为的。"瓦比继续说道,"波尔和两名法国人初次找到金块后继续寻找起金子来,然后他们的生活必需品用完了。瓦比诺什驿站有一百余年的历史了,五十年前,瓦比诺什驿站是离他们最近的驿站。进行一番考虑之后,决定由两个法国人前往驿站。他们当时很可能已经采集了很多很多的金子,在离开荒野前,两个法国人把波尔杀害了。他们随身携带了很少的金块,用以购买生活必需品,因为他们害怕身上带的金子多了会引起恰好待在驿站上的其他冒险家的怀疑。而在这座木屋中,兰格罗伊斯或者普兰特企图谋杀自己的同伴,独自霸占黄金宝藏,然后就发生了搏斗,结果两个人同归于尽。我的推断未必正确,但是——天哪——我知道是怎么回事了!"

"他们把大量的黄金埋在了离第三条瀑布不远的某个地方?"

"对!或者,他们把黄金带到了这里,然后埋在了木屋附近的某个地方!"

他们的对话被穆阿奇打断了。

"吃晚餐了!"穆阿奇喊道。

国际少年生存小说典藏

第十二章　大雪封山

到这时候为止，罗德一直忘了提到他在峡谷中看到的那行神秘的脚印。刚才的整整一个小时里，他都把其他任何事情抛到了九霄云外。现在，他一边吃着晚餐，一边向瓦比和穆阿奇讲述起那个武诺咖人的奇怪行为来。然而，他没有讲述自己当时在峡谷里的恐惧心理，他想先听听穆阿奇和瓦比的见解再说。穆阿奇和瓦比都为武诺咖人没有袭击他们的企图而暗自庆幸，但令人无法理解的一件事情是，武诺咖人在想方设法躲避他们三个人，就像他们三个人也在想方设法地躲避武诺咖人一样。之前发生的所有事情似乎都印证了武诺咖人在躲避他们三个人这个看法。比如，峡谷中的那个暴徒原本可以轻而易举地伏击罗德；并且，这座木屋有十多次都处于近乎缺乏防卫能力的状态，当时武诺咖人也是可以实施袭击的，但他们一直都没有袭击；另外，在他们的陷阱路线上，也有很多地方是可以设埋伏的。

罗德在峡谷中遇到武诺咖人的脚印这件事，仅仅引起了少许的不安而已。他们并没有打算往南边跟踪峡谷中的这行脚印，相反，他们制订了一个前去寻找第一条瀑布的计划。穆阿奇穿上雪地靴，走得最快也最轻松，因此，他主动提出独自前去寻找这条瀑布。穆阿奇第二天一大早就要带着食物出发了，在穆阿奇离开的这段时间里，罗德和瓦比要负责照看捕兽夹。

"我们必须在回到驿站之前找到第一条瀑布的位置。"瓦比说道，"如果第三条瀑布离我们当前的营地超过一百英里的话，那么在本次的旅程中我们就根本不可能找到黄金宝藏了。我们得先回瓦比诺什驿站，休整一段时间后再进行新的探险。下一次我们要带上充足的生活必需品和专业性的工具。在春汛结束之前，我们什么也干不了！这是没有法子的事。"

"我也这么想。"罗德应答道，目光变得柔和起来，"你知道，我的母亲一个人待在家中，她——"

"我明白。"瓦比打断罗德的话，怜爱地用手抓住同伴的一只胳膊。

"家中的钱本来就没多少，你知道的。"罗德接着说道，"如果她生病或者发生别的什么意外的话——"

"对！我们必须带着兽皮尽快回去才行。"瓦比激动而轻柔地说道，"如果你不介意的话，罗德，我可以陪你一起去底特律。你的母亲会介意吗？"

"介意？"罗德一边大声反问着，一边伸出另一只胳膊，紧紧抓住瓦比的胳膊，"介意？她欢迎你还来不及呢！她一定非常想念你！瓦比，她要是见到你的话，肯定会高兴得要命！你真的陪我去吗？"

看到朋友这么热情，瓦比青铜色的脸上泛起红晕来。

"我不敢打包票，但是——"瓦比说道，"我见到她的心情跟你一样急切！如果没什么意外的话，我肯定陪你去。"

罗德的脸上顿时溢满喜悦的神色。

"夏天一到，我们就马上一起回来，然后动身去寻找黄金宝藏。"罗德一边嚷道，一边高兴地跳起来，捶打着穆阿奇的背，说道，"穆阿奇，你跟我们去底特律吧！我要让你在底特律度过一生中最长的一段'都市时光'！"

老印第安人穆阿奇咯咯笑起来，但他没有应答。瓦比大声笑着替他回答道："他急着回去保护敏妮塔琪呢！罗德，穆阿奇不会跟我们去底特律的，我敢打赌。他要待在驿站上照看敏妮塔琪，防止她走失、受伤，或者被武诺咖人偷走。我说得对吧，穆阿奇？"穆阿奇露出牙齿，舒心地笑了，然后走到门口，打开屋门往外望去。

"天哪，下雪了！"穆阿奇嚷道，"可真是魔鬼似的大雪！"

穆阿奇竟然用"魔鬼"这个词语来形容大雪，可见雪下得确实是大得不同寻常。瓦比和罗德随即也到了门口。从城市来的少年罗德还是第一次见到这样的暴雪。北方大地上的暴雪已经到来了——在无边无际的北方荒地上，每年只有一次这样的暴雪。瓦比和穆阿奇等这场暴雪已经等了好几个星期，他们正奇怪为什么今年的暴雪迟迟不来呢。雪轻轻地降落到地上，空气中没有一丝风。大地上已经成了一片无声无息的白色的海洋，一眼望去，白茫茫的，看不到尽头。地上的雪已经很厚了，看来，要是人被掩盖在下面，肯定会窒息的。罗德伸出一只手掌，刹那间，掌心上落了一层薄薄的雪花。瓦比从门口走到雪地上。虽然离门口才几码远，但罗德和穆阿奇已经看不清他的身影了，真可怕。

一分钟后，瓦比回到木屋中，他身后的地面上落了许多雪。

整整一个下午，雪都这样下着。这天晚上，暴雪又持续了整整一夜。第二天早晨罗德醒来时，听到外面的树林间狂风正在咆哮。他起来生起一堆火，其他人此时仍然还在沉睡。他去开门，但门外面结了冰，屋门怎么也打不开。他取下窗户上的挡板，一大团雪顿时落在了他的脚下。窗外没有一丝白天的感觉。他转身，看到瓦比正披着毯子坐起身。看到罗德惊讶而慌乱的样子，瓦比轻轻笑了起来。

"到底是怎么回事？"他急忙问道。

"我们被大雪埋住了。"瓦比笑着说，"炉子冒烟吗？"

"不冒！"罗德疑惑不解地看着熊熊的火焰答道，"你是说——你是说——"

"那我们就没有被完全埋住。"瓦比说道，"至少，烟囱还露在外面！"穆阿奇也坐起身，伸了个懒腰。

这时候，一阵狂风咆哮着从屋顶上刮过，于是穆阿奇说道："刮风了！会刮得更厉害的！"

罗德把刚才从窗口落下来的雪铲到墙角处，然后又把挡板挡在窗户上，这时他的两个同伴也起来了。

"这意味着，捕兽夹需要一周的时间才能露出来。"瓦比说道，"只有穆阿奇才知道暴风雪什么时候停。有可能会持续一周。我们今年不可能找到瀑布了。"

"我们玩多米诺骨牌吧！"罗德高兴地提议道，"还记得离开驿站前我们没有玩完的那盘局吗？对了，你昨天下午还说，大雪下一个下午和一个晚上的话，不会把木屋埋起来，对吧？"

"一个下午和一个晚上下的雪确实还不足以将木屋埋住。"瓦比说道，"但现在我们确实是被埋住了。这是因为，我们的木屋是在洼地的边上，在大风的作用下，雪被刮到了木屋的周围，所以我们就被埋在下面了。如果暴风雪继续下去，到今天夜里，我们就会被一座小山压在下面了。"

"那我们会不会被憋死？"罗德结结巴巴地问道。

看到罗德掩饰不住的恐惧，瓦比哈哈大笑起来，穆阿奇也一边在桌子旁切着肉一边咯咯笑起来。

"生活在积雪下面是一件很舒服的事。"瓦比加重语气说道。

"只要不被压死，哪怕是被小山似的积雪埋在下面，你照样能活下去。"瓦比说道，"雪堆里是有空气的。有一次发生了雪崩，穆阿奇在三十英尺深的积雪下被埋了整整十个小时。我们在雪堆中挖了个洞找到他时，发现他在里面弄了个大桶般宽宽的窝，他就舒舒服服地待在那个窝里。现在不用烧太多的火，木屋中就可以很暖和。"

早餐过后，两位少年再度把窗户上的挡板取下来，瓦比用铲子将少许的雪铲进木屋中。铲子第四次伸出窗户时，大堆的雪从窗户外轰的一声坍塌，进了木屋里，雪一直埋到他们的腰部。他们往外面望去，看到头顶的白天的光线和令人头晕目眩的大雪。

"雪堆到屋顶上方了。"罗德惊叹道，"天哪！暴风雪可真是太大了！"

"咱们现在玩雪吧!"瓦比喊道,"如果你想待在雪里的话!"

瓦比从窗户钻到他挖的一个雪窟窿中,罗德跟在他后面也钻了进去。瓦比脸上挂着狡黠的笑容,他等待着罗德。等罗德刚一进入雪窟窿,他就猛地把铲子深深地插入雪窟窿下面的雪里,然后把铲子往雪里使劲捅了几下。头顶上的一大团雪就摇晃了几下,然后落下来,把他们彻底埋起来了。罗德躲闪不及,脚下一软,趴倒下去。他挣扎着,大口喘着气,徒劳地叫喊着。罗德先把脚从雪中伸了出来,而瓦比早已把头和肩膀从雪中伸出来了,看到罗德的靴子从雪中伸出来之后,瓦比高兴得尖声大笑起来。

"哈哈哈!罗德,你走错方向了!"他喊道。

他抓住罗德的腿,把罗德从雪里拖了出来,然后摇摇晃晃地站好,眼泪都笑出来了,后来他笑得气喘吁吁的,干脆往后一仰,倒在雪堆上。罗德真是太滑稽也太古怪了——他睁大了眼睛,不停地眨着,耳朵里和嘴里都是雪,挣扎的时候,他衣服领子里面也进了好多雪。他慢慢镇定下来,看到瓦比和穆阿奇都笑得上气不接下气,便也跟着笑了起来。

在雪堆里开辟道路倒也不算什么难事,很快,两位少年便站在了离木屋二十英尺远的齐腰深的雪里。

"开阔处的雪只有四英尺深。"瓦比说道,"但是你往木屋那儿看!"

罗德转过身往木屋望去——准确地说是往木屋的那个露在雪堆之外的烟囱望去,除了这个烟囱,木屋的其他部分全部都被埋在了雪下面。罗德扭头往四周的荒野打量了一圈。暴风雪此时暂时停歇了,他的目光从湖泊上穿过,向山顶望去。白茫茫的一片,连一小块儿黑色也没有。石头全都被雪埋住了。树上压着厚厚的雪,低垂着,死气沉沉的样子,连树干都是白的——暴风雪把雪团吹到树干上后,雪就留在了树干上。然后他们想起了这片看起来已经不适合居住的荒野上的野生动物。在这片无边无际的荒凉的雪野上,野生动物怎么生存呢?它们吃什么呢?它们到哪儿找水喝呢?回到木屋后,罗德向瓦比问起这些问题。

"哪怕你现在从这里出发,一直走到暴风雪地带的最尽头,你也不会看到一只活着的四条腿的动物。"瓦比说,"整个暴风雪区域所有的鹿、狐狸,以及狼,都被埋在了雪底下。雪下得越深,它们就越暖和,因此呢,暴风雪越大,动物们也就越容易安全度过,这正是大自然的伟大之处。等暴风雪停息之后,荒野将慢慢苏醒过来。体形较大的动物将从它们的雪床上起来,出去吃树木的枝叶和小树苗,雪地上将会形成雪壳;体形较小的动物,像狐狸、猞猁和狼等,也将开始出去走动,它们将继续以捕杀其他动物为生。在找到流动的河水之前,它们就用雪和冰代替水。雪堆中温暖的雪窟窿也暂时替代了它们在沼泽里面浓密的苔藓、树丛和枝叶间的藏身之处。所有大型动物很快就会在雪堆上践踏出大片大片的'院子',然后它们就在这些'院子'里聚集成群,从树林中穿行,啃食树叶,同时还要准备跟突然蹿出来的狼搏斗。哈哈,在这样的寒冬里,动物们的生活也不算太艰难啊!"

一直到中午,三位猎人都一刻不停地忙着把木屋中的雪清理出去。但暴风雪越来越大,快到傍晚时,猎人们已经无法待在木屋外面了。

暴风雪持续了整整三天,中间只偶尔停息了几次,都是很短的时间。第四天拂晓的时候,天空再度变得晴朗起来,耀眼的太阳升上了天空。这时候罗德发现自己得了雪盲症——每一个初次来到北方荒野的人都会出现这种情况。他每次只能把眼睛睁开几分钟,就不敢再睁开了——白茫茫的雪野里到处都是炫目的白光,耀眼的阳光下,无边无际的雪地上的每一线雪光都像一根长长的尖针一样,刺得他的眼睛又疼又涩。暴风雪结束后的第二天,瓦比一遍又一遍地教罗德如何让眼睛适应雪反射的白光,后来罗德总算逐渐能看清东西了,这时候穆阿奇已经离开木屋,沿着峡谷去寻找第一条瀑布了。

在同一天,瓦比也开始了他的工作。他把捕兽夹从雪中挖出来,重新设置好。到第二天的时候,罗德才过来给他帮忙,因为这一天罗德才算真正恢复了正常视力。这项工作其实很费力,因为无论石头还是其他标志,全都被大雪埋住了,平均每四个捕兽夹中就有一个捕兽夹找不到了。穆阿奇离开后,两位少年直到第二天天快黑的时候才检查完山上的陷阱路线。当俩人将脸转回来望着营地时,暮色已经开始降临,俩人猜想此刻穆阿奇已经在营地上等他们了。但回到营地后,他们发现穆阿奇还没回来。第二天穆阿奇仍然没回来。第三天穆阿奇仍然没回来。第四天的黎明到来了,但穆阿奇依然没有回来。罗德和瓦比开始害怕起来。四天的时间,穆阿奇可以走上近百英里的路程了。他会不会出什么事呢?罗德好几次都想到了峡谷中的那个武诺咖人。穆阿奇会不会因遭受那个神秘人的伏击而身亡,抑或遭受武诺咖人中的其他成员的伏击?

第四天的时候,罗德和瓦比谁也不敢离开营地。大雪过后,野生动物的食物匮乏,因此现在陷阱路线上捕到了非常多的猎物;但因为穆阿奇这么久还没回来,他俩都没心情去收猎物。自暴风雪停歇以来,他们已经捕捉到了一只狼、两只狐狸、一只赤狐和八只水貂。

这天下午,他们正留意着外面的动静时,发现一个人影慢腾腾地在山顶上挪动着。

是穆阿奇!

两人欢呼着从雪地上走过去迎接他,连雪地靴都没来得及穿。几分钟后,老猎人就到了他们身边。他开心地微笑着,冲满脸急切的罗德和瓦比点了点头。

"找到瀑布了。沿着峡谷走五十英里。"

回到木屋后,他便精疲力竭地瘫坐下去。罗德和瓦比赶忙帮他脱掉靴子和外衣。很明显,穆阿奇太劳累了,瓦比只见到过两次穆阿奇累成这个样子。瓦比敏捷地把一大块肉放在火上烤起来,罗德也把一份质量上好的咖啡放进罐子里。

"五十英里?"瓦比不停地重复着,"实在是太远了,你说是吗,穆阿奇?"

"山路实在是太崎岖了!"穆阿奇答道,"比那儿要崎岖多了!"他指着峡谷的方向说道。

罗德惊讶得瞪大了眼睛,默默不语。难道穆阿奇发现的地方比自己之前去过的峡谷还要荒芜和险恶?

"是条小瀑布!"穆阿奇接着说道,咖啡和烤肉的味道扑面而来,"还没有那个大!"他指着木屋的屋顶说道。

罗德此刻正趴在桌子上计算着什么。旋即,他抬起头,说道:"根据地图所示,我们离第三条瀑布至少还有二百五十英里。"

穆阿奇耸了耸肩,说道:"哈德逊湾。"

正在烤肉的瓦比突然扭过头来,惊讶地喊道:"难道峡谷不是往东边吗?"

"不是。峡谷拐了个弯,往正北方了。"

罗德一时间没弄懂瓦比为什么这么惊讶。

"伙计们,如果峡谷中的溪流拐弯往北方流去的话,那么它只有一个去处——奥尔巴尼河。奥尔巴尼河最后流进了詹姆斯湾!第三条瀑布,也就是我们的黄金宝藏的位置,就位于北美洲最荒芜、最野蛮的荒野的正中间。黄金宝藏在那里很安全,还没有被其他人发现过。但是,要想到达那儿的话,我们必须得进行一场极其漫长也极其危险的远征才行!这场远征很可能是我们这一生中将要经历的最漫长也最危险的远征!"

"哈哈!"罗德大笑起来。

笑着笑着,他跳了起来,除了反复说宝藏是安全的之外,他什么都忘记了。为了找到黄金宝藏,他们必须到达浪漫的白雪茫茫的北国最远的地方。

"明年春天,瓦比!"罗德一边伸出手,一边说道。两位少年的两只手紧紧握在一起,做出了明年春天结伴探险的约定。

"明年春天!"瓦比重复道。

"到时候我们坐独木舟去。"穆阿奇插话道,"明年春天,河流就变宽了。我们从第一条瀑布开始坐独木舟。"

"那就更好了。"瓦比接话道,"那将是一次精彩的旅行!到达第三条瀑布之后,我们稍事休息一下,然后就前往詹姆斯湾。"

"詹姆斯湾实际上就是哈德逊湾,对吧?"罗德问道。

"对!但我实在不明白为什么把它叫作詹姆斯湾。实际上詹姆斯湾是哈德逊湾的最后一个部分,或者说尾部。"

这一整天他们都没再去检查捕兽夹。第二天早上,穆阿奇执意要跟罗德一起去检查捕兽夹,尽管四天的艰辛跋涉已把他累坏了。穆阿奇说,如果他待在营地里的话,他的骨头关节就会僵硬。瓦比认为穆阿奇说得有道理。于是瓦比自个儿沿着往北方去的那条陷阱路线检查起捕兽夹来。

接下来的两个星期,天气非常适合捕捉猎物。三位猎人离开瓦比诺什驿站已经超过两个月了。罗德开始计算起回驿站的日子了。瓦比估算了一下,他们的兽皮能卖到一千六百美元,并且还有价值两百美元的黄金。罗德很开心,不久他就可以带着分到的六百美元回底特律了,这跟他在底特律工作一年挣得的工资差不多相等了。罗德丝毫也不掩饰他对敏妮塔琪的思念。瓦比尽管很高兴看到罗德思念敏妮塔琪,但还是时不时拿这个话题嘲笑罗德一番。实际上,罗德心里还有一个没有说出来的想法——他想说服瓦比的母亲同意敏妮塔琪和瓦比一起跟着自己回底特律,他想,自己的母亲见到敏妮塔琪后一定会立马喜欢上她。

暴风雪后第三周里的一天,罗德和穆阿奇到山上检查捕兽夹,留下瓦比待在营地里。他们已经决定好了,下个星期就动身回瓦比诺什驿站——预计二月一日那天他们就能抵达瓦比诺什驿站。罗德高兴极了。

这天中午过后没多久,他们就往营地赶,不久他们就穿过了那片沼泽。罗德表示他想攀登到山顶上去,然后看看从山上回营地的路上能不能打到什么猎物。穆阿奇想走近一些、平坦一些的路线,就没有陪罗德。

罗德到了山顶之后,停下脚步,往四周打量了一番。他看到了穆阿奇。穆阿奇像个黑点似的,沿着平原的边缘移动。北方的无边无际的荒野也映入他的眼帘——北方的荒野同样令人着迷。在东方,他看到两英里外有一个东西在移动——他知道那是一只驼鹿或驯鹿。在西方——他的目光本能地寻找起营地的位置来。刹那间,他期待的目光消失了。他忍不住惊恐地"啊"了一声,随即穆阿奇也惊讶地大叫了一声。

他们的木屋位置的上方此时正浓烟滚滚。天空都变黑了。罗德扯着嗓子喊着穆阿奇的名字,正在这时,罗德觉得好像听到了枪声。

"穆阿奇!"他高声呼喊着。

穆阿奇根本听不到他的声音。罗德很快便想起了一件事——这场旅程刚刚开始时,他们做出过鸣枪求助的约定:先单独鸣两枪,然后停顿片刻,接着再快速地连放三枪。

他把猎枪举起,冲着天空开了一枪,然后又开了一枪,停顿片刻之后,又连续飞快地放了三枪。

然后他一边往下面望着穆阿奇,一边重新给枪上子弹。他看到穆阿奇停下脚步,转过身往山上望去。

山上再次响起激动人心的求助声。几秒钟后,枪声传到了穆阿奇耳中,老勇士向前飞奔而去。罗德在山上也往前飞奔而去,准备和穆阿奇会师。他时不时单独鸣上一枪,让穆阿奇知道自己在哪里,十五分钟后,穆阿奇气喘吁吁地到了山上。

"武诺咖人!武诺咖人袭击了营地!你看!"罗德指着黑烟喊道,"我听到枪声——"

面色严峻的穆阿奇立即往燃烧着的营地望去,然后,他一句话也没说,径直沿着山岭疾奔而去。

罗德也紧跟着疾奔而去——接下来的半个小时,可谓是罗德一生中跑得最快的时刻。事后连他自己也不明白,当时为什么竟然能跟上穆阿奇。从他们踏上那条老路开始,他就追上了穆阿奇,并且一直没有被落下。等他们到达环抱着低洼地的山顶时,罗德的脸上已经被灌木丛划出了很多伤痕,往外渗着血。罗德的心猛烈地跳动着,似乎马上就要从嗓子眼跳出来了。他发出哼哧哼哧的喘气声,一句话也说不出来。罗德跟在穆阿奇身后,手指扣着扳机,随时准备开枪。他们在营地边停下来。

营地已经被烧成了一堆灰烬,周围没有一个人影。但这时——罗德喘着气抓住穆阿奇的胳膊,一声不吭地指着离木屋几码之外的雪地中躺着的一个东西。老勇士此时也看到了那个东西。他转过头看了一眼罗德——罗德从没见过穆阿奇的脸上出现过这样的表情。如果雪地上躺着的人是瓦比的话——如果雪地上的死者是瓦比的话,那么此时穆阿奇的表情就只能用"仇恨"两个字来形容！此时的穆阿奇已经不再是以往的穆阿奇了！他成了一个野蛮人！

他们走进洼地，穿过湖泊，穆阿奇蹲在雪地中的死者身旁，把死者翻了个身，然后一声不吭地站起来，双眼愤怒地盯着依然还在冒烟的灰烬。

罗德看到这儿，浑身震颤起来。

他明白，雪地上的死者不是瓦比。

死者是一个奇怪的武诺咖人，面目狰狞。

穆阿奇走到火热的灰烬之中，用靴子踢腾着灰烬，用猎枪的枪托在灰烬里这儿捅捅那儿捅捅。

第十三章　营救瓦比

罗德瘫坐在死者旁边的雪地上,浑身没有一点力气,虚弱得跟个孩子似的。他观察着穆阿奇的每一个动作。每当穆阿奇转动身子、把目光投向别处,或俯下身检查东西的时候,罗德都特别害怕。

瓦比已经死了吗? 瓦比被埋在灰烬下面了吗?

穆阿奇一点一点地搜寻着。他的脚底被烫热了,刺鼻的皮革燃烧的味道熏得他很难受,木炭还在他脚下发着红光。但穆阿奇忘记了疼痛。穆阿奇的心中只装着两样东西:一样是对敏妮塔琪的爱,一样是对瓦比的爱。能替代这两样东西进入穆阿奇心中的只有一样东西——自己心爱的人被伤害时所产生的残忍而野蛮的复仇心理。他明白,武诺咖人暗中袭击了瓦比,他们趁着瓦比没有察觉的时候抓住了瓦比——他们太卑鄙了! 或许瓦比已经死了,就埋在这片灰烬下面的某个地方!

他不停地搜索着,脚上好几个地方都被烫坏了,然后他从灰烬中走出来,被烟尘弄得像个黑鬼似的,脸色非常难看。

"瓦比不在这儿!"他终于开口说话了。

他再次蹲在那个死者身旁,得胜似的冲着罗德扮了个鬼脸,咯咯笑起来。

"死得太惨了！"他咧着嘴说道。

片刻之后，他脸上的笑容消失了。当罗德依然还在休息时，他继续检查起营地来。营地周围的雪地上有很多的脚印。穆阿奇根据这些脚印判断出，那帮暴徒是从木屋后面的树林里溜出来，然后来到木屋边的，他还找到了袭击结束后暴徒离开的脚印。

从雪松林中出来的是五个人，但离开时只有四个人！

瓦比在哪儿呢？

如果瓦比被当作俘虏抓走的话，地上应该有五双脚印才对。这一点罗德和穆阿奇都很清楚，也正因如此，穆阿奇又返回到仍然发红的灰烬中寻找了一番。但这一次的寻找仍然一无所获——瓦比的尸身不在灰烬堆中。那就只剩下一种可能了。瓦比跟武诺咖人恶战一番之后，杀死了一个武诺咖人，然后自己受伤了，被剩下的武诺咖人抬走了。瓦比和那帮暴徒顶多刚刚走出两三英里远。如果立即追赶的话，估计半个小时就追上了。

穆阿奇回到罗德身边。

"我要追上他们！我要把他们全部干掉！"他指着雪地上的四双脚印说道，"你留在这里！"

罗德站起身来。

"你是说我们去干掉他们？"罗德问道，"穆阿奇，我要跟你一起去！出发吧！"

穆阿奇的猎枪的保险栓响起咔嗒的声音，紧接着，罗德的枪上的保险栓也咔嗒响起来。

"一定要小心！"走到罗德身边时，穆阿奇低声警告道，"不要发出声音——走近一些时再开枪！"

暴徒的踪迹从洼地一直延伸到北方的森林之中，穆阿奇把猎枪举在身前，猫着腰，沿着脚印飞快地往前走去。进入平地刚刚不到一百码，穆阿奇就停了下来，脸上露出疑惑的表情。他指着一行雪地靴的脚印——这行脚印比其他的脚印更深一些。

"是他背着瓦比！"穆阿奇轻声说道，"可是——"他眼中闪现出兴奋的光芒，"他们走得不快！他们不急不忙地走着！他们走得很慢！他们走了很长时间！"

于是罗德仔细观察起这帮暴徒的脚印来，发现他们的步伐比自己和穆阿奇的步伐要小很多，显然，他们走得相当慢。这就更奇怪了，很难解释得通。武诺咖人不怕他们追赶上来吗？有没有这种可能？武诺咖人认为罗德他们不会追上来跟他们搏斗，或者他们认为自己人多势众，或者他们在某个地方埋伏好了？

穆阿奇前进的步伐也变得越来越慢，越来越谨慎。他机警地打量着前方的每一棵树和每一丛灌木。只有在看到脚印径直通到前方很远的地方的时候，他才敢加快步伐。他一刻也没敢回头看罗德。他突然惊讶地低声叫起来——他发现地上的脚印由四双变成了五双！罗德明白这意味着什么。瓦比已经从背着他的暴徒身上下来了，现在在自己走。瓦比穿着雪地靴，他每一步的距离都相等，他的步伐跟其他人一样大。显然，他伤得不重。

前方半英里处是一座高山，他们与高山之间是一片茂密的雪松林，雪松林里有很多杂乱的风倒木。风倒木是理想的伏击之地，但老勇士毫不迟疑地往前走去。武诺咖人沿着一只驼鹿留下的踪迹往前走去。罗德往武诺咖人进入的那片杂乱的风倒木中望去，不由得打了个寒战。他立马做好了随时听到枪声和看到穆阿奇跌倒在地的准备。风倒木中随时都有可能枪声齐鸣，自己也随时都有可能感觉身上一阵剧痛而当场毙命。武诺咖人绝对不会错过这个理想的伏击之地。难道穆阿奇没有想到这一点吗？难道穆阿奇只想着救落在残忍的敌人手中的瓦比，其他什么后果也不考虑了吗？

他往穆阿奇的脸上望去，却发现穆阿奇平静得出奇，于是罗德恢复了平静。穆阿奇一定认为这里不会有埋伏，并且他有充足的理由这么认为。

俩人沿着驼鹿走过的路迅速往前走去，不久他们就到了高山的山脚下。武诺咖人径直往山上去了，他们的脚印清清楚楚。穆阿奇停下脚步，冲罗德打了个手势，弯下腰查看一双雪地靴留下的脚印。这双脚印周边的雪正在往脚印坑中掉落。

穆阿奇低声说道："非常近了！"

穆阿奇此时的目光与平时发现猎物的目光不一样，他此时说话的声音紧张得有些颤抖。他和罗德往山上走去，俩人前后离得非常近。快到山顶时，他像只动物似的猛地跨上去，然后弯下腰，迅速往对面走去，猎枪就举在肩前六英寸的地方。下面的平原上的景象呈现在二人的眼中。尽管穆阿奇示意他别出声，罗德还是忍不住惊讶地"啊"了一声。

他们清楚地看到,武诺咖人和瓦比正在平原的边缘处。就这么一队武诺咖人。瓦比跟在领头的那个武诺咖人后面。罗德和穆阿奇看到,瓦比的胳膊被反捆在他背后。

看到另外一番情景后,罗德就更吃惊了。

在他们前面半英里处的一个小湖边的空地上,两堆营火正冒着青烟,穆阿奇和罗德辨认出来,两个营地上有好几个人。

在他们猎枪的射程范围之内——甚至大喊一声对方就能听到的地方,有两队人马!除了不久前袭击营地的武诺咖人之外,武诺咖部落三分之一的人马都在那里!罗德顿时明白了他们此时的处境有多危险。如果袭击武诺咖人来营救瓦比,那么短短几分钟内他们就会遭到人数占绝对优势的强敌的围攻;如果不去营救瓦比……想到后果,罗德不由得打了个寒战,他很清楚武诺咖人对瓦比诺什驿站上居民的疯狂报复。

他正思忖时,老勇士穆阿奇已经在一旁想好了袭击的方法。他要跟瓦比同生共死!他要高兴地开始战斗了!他要搏斗到生命的最后一刻!他绝不会看着瓦比被他们伤害!穆阿奇压低声音向罗德交代一声之后,端好猎枪,向下面的平地上猛冲过去!

到达山脚时,他不再沿着暴徒的脚印走了,罗德明白,穆阿奇准备飞快地绕一个半圆形的圈子,然后出其不意地从前面或侧面接近武诺咖人。罗德铆足了劲紧紧跟在怒火中烧的穆阿奇身后。十分钟后,穆阿奇进入了一片榛子丛中,他小心翼翼地从榛子丛中往外窥视,然后回头看了一眼罗德,露出满意的微笑。

"他们来了。"他用近乎听不到的声音说道,"他们来了!"

罗德从穆阿奇身后往前望去,心怦怦地跳起来。武诺咖人正在往自己这边走来,他们完全没有意识到危险就在附近。只剩下两百码远了。穆阿奇用恳求的目光盯着罗德的脸,将古铜色的皱巴巴的手搭在罗德的胳膊上。

"你对付瓦比前面的那个人!"他压低声音说道,"我对付另外三个。看到那棵没皮的桦树了吗?他们到达那棵桦树边时,你就开枪。一定要镇定!一定要打准!"

"没问题!"罗德一边回答着,一边使劲握了握穆阿奇的手,"穆阿奇,我一定能一枪要了他的命!"

他们能听到武诺咖人的声音了,旋即,他们看到了瓦比血迹斑斑的脸。

武诺咖人一步步靠近了,他们仍然漫不经心的。他们离那棵桦树只有四十码了!他们离那棵桦树只有三十码了!他们离那棵桦树只有十码了!罗德的猎枪已经端在了胸前。他把枪口瞄准了最前面那个武诺咖人的胸膛。

只剩五码了!

那个暴徒走到树后面,然后又从树后面出来了。罗德扣动了扳机。那个暴徒一下子停住了,还没等他的身子倒下去,一连串的子弹已经从穆阿奇的猎枪中射了出去。等罗德再次扣动扳机的时候,他发现那四个武诺咖人已经倒下去三个,只剩下一个还站着——他用手捂着胸口,身体摇晃了几下,像是立马就要倒下去似的。有一个已经倒地的武诺咖人发出一声惨叫。罗德和穆阿奇准备冲上去解开瓦比被反捆着的双臂,与此同时,从武诺咖人营地的方向传来一阵叫喊声。

穆阿奇一边奔向瓦比,一边从身上取出刀子,到瓦比身边后,三下五除二就把反捆着瓦比的绳子割断了。

"伤得严重吗?"他问道。

"不严重!"瓦比答道,"我知道你们会来救我的,亲爱的伙计们!"他一边说着,一边把头转向躺在地上的那个领头的武诺咖人,发现他身上背着之前罗德被抢走的猎枪和手枪。穆阿奇发现一个死掉的武诺咖人身上背着一个装着兽皮的包裹,于是他把包裹取下来背在自己肩上。

"你看到那个营地了吗?"瓦比激动地问道。

"看到了。"

"他们很快就会赶过来!咱们往哪儿去呢,穆阿奇?"

"峡谷!"罗德大声说道,"峡谷!如果我们能赶到峡谷——"

"峡谷!"瓦比重复道。

穆阿奇此时已落在后面了,他示意瓦比和罗德在前面带路。即便是现在,他仍然决心由自己来担负殿后这个危险的任务。

没有时间来争论了,瓦比撒腿跑起来。后面的武诺咖人一边追赶,一边咔嗒咔嗒地上子弹。瓦比和穆阿奇一边跑着一边寻找伏击地点的时候,罗德已经给枪装上了子弹。此刻,瓦比跑到了最前面,他一边跑一边检查着从暴徒身上夺回来的武器。

"你还有多少颗子弹,罗德?"瓦比扭过头问道。

"四十九颗。"

"我的子弹带上只剩四颗了,枪里还有五颗。"瓦比冲着罗德喊道，"给我一些子弹。"

罗德一边跑着一边从子弹带上取下几颗子弹，递给瓦比。

他们终于到了山上。他们在山顶停下来，大口喘着气，往下面的营地望去。营地上的青烟已经消散了。他们看到，平地上四分之一英里之外的地方，有几个追赶者正往山上飞奔而来。其他人则隐藏在更近一些的灌木丛中。

"我们必须在峡谷中消灭他们！"瓦比说道。

他一边说着，一边领着穆阿奇和罗德继续跑起来。

罗德的心脏怦怦跳个不停。"我们必须在峡谷中消灭他们！"瓦比的话让他很担心——自己的力气马上就要用完了。他跟在穆阿奇后面，经过已经烧成灰烬的木屋时，觉得浑身已经没有一点力气了，每往前跑一步，就更吃力一些。到了洼地边后，还得再往前跑一英里才能到达峡谷；而这里距离洼地还有两英里的路程。总共三英里！自己能坚持住吗？

他听到身后穆阿奇沉重的脚步声。瓦比在前面已经把自己甩下很长一段距离了。他挣扎着想赶上瓦比，可是根本不可能。身后，穆阿奇发出警告声，瓦比转过头来。

"还有三英里远！他坚持不到峡谷！"穆阿奇说道。

罗德脸色煞白，大口喘着气，一句话也说不出来。机敏的瓦比立马意识到他们的处境危险。

"穆阿奇，我们现在唯一的办法是在洼地里把武诺咖人阻挡住。我们在湖泊对岸的山顶上冲他们开枪，收拾掉三四个人后，他们就不敢过来了。然后他们会以为我们就待在那儿迎击他们，他们肯定会绕个圈子袭击我们。我们就趁他们绕圈子的时候往峡谷里跑。"

他继续往前跑去,但脚步放慢了一些。三分钟后,他们进入了洼地中,然后顺利地穿过洼地。就在他们抵达洼地对面的山岭下面时,瓦比高兴地大声呼喊道:"快啊!他们看到我们了!"瓦比话音未落,枪声就响了起来。

"嘭!"

罗德听到子弹嗖的一声从他耳朵边飞过去——他可是第一次遇到这样的事,同时他看到前方几英尺处瓦比脚下的雪飞溅起来。

随后的二十秒钟是一片寂静。随即,又一声枪响,然后又连续响起三声枪响。瓦比摔倒了。

"没打中!"他一边挣扎着站起身,一边喊道,"打中那块石头了!"

瓦比往山顶上跑去,罗德紧紧跟在他身后。湖泊对岸连续射来好几发子弹。罗德本能地趴倒在地上。他刚趴到雪地上,就听到子弹的长啸声和穆阿奇痛不欲生的尖叫声。穆阿奇咬着牙追赶上来,与罗德和瓦比一起躲避到山顶上的一个隐蔽的地方。

"伤得严重吗,穆阿奇?伤得严重吗?"瓦比转回身抓住穆阿奇,几乎是哭着问道,"你伤得严重吗?"

穆阿奇的身子摇晃了几下,但还是站稳了。

"打到这儿了。"他用手摁住左肩说道,"不严重——"穆阿奇忍着疼痛,坚定地微笑着,把背上那个轻一些的装着兽皮的包裹甩了下去,"我们让他们在这里完蛋!"

他们猫着腰窥视着山脚下。好几个武诺咖人已经离开了雪松林，循着他们的脚印从空地上穿过。其他原本隐藏着的武诺咖人也已经出来了，瓦比看到，好几个武诺咖人没有穿雪地靴。他高兴地把这个现象告诉穆阿奇，但穆阿奇根本连眼睛也没抬一下。

片刻之后，他说道："我们——让他们彻底完蛋——"

八个穿着雪地靴追赶而来的武诺咖人已经到了洼地中，其中有六个人已经到了湖泊边。罗德端好猎枪，他明白，此时好好喘息一下远远比搏斗重要。他大口大口地喘着气，这时候他的两位伙伴也已端好了猎枪。他要等两位伙伴也准备好之后，再在合适的时候开枪。

穆阿奇和瓦比慢慢地瞄准，他们瞄得越慢，就射得越准。穆阿奇第一个开枪了。一枪！两枪！然后停顿了一秒钟——正好跑到湖泊中间的那个暴徒的身子往前一倾，倒在了结冰的湖面上。这时候瓦比也开了一枪，随即第二个暴徒发出一声惨叫，摔倒在地——他的一条腿被打中了。枪声和惨叫声让瓦比热血沸腾，他大吼一声，把猎枪举在肩上，刹那间，三杆猎枪枪声大作。

只剩下三个武诺咖人了！他们转过身向雪松林跑去。

"哈哈——"瓦比大笑道。

他激动地站直了身子，一边将第五发子弹向逃窜的暴徒射去，一边喊道："哈哈！追上去！"

"快追赶！"瓦比命令道，"快装子弹！"

"咔嗒——咔嗒——咔嗒——"穆阿奇和瓦比重新把子弹

装进了枪膛。五秒钟后,他们再次射出一连串子弹——他们俩一共向雪松林中开了十枪! 等罗德装好子弹准备开枪时,却发现一个人影也看不到了。

"他们估计不敢出来了。"瓦比说道,"他们大多数都是匆忙上阵的,连雪地靴都没来得及穿。到了峡谷的话,消灭他们就更容易了! "他用一只胳膊揽着穆阿奇的肩,此时的穆阿奇正趴在雪地上,"让我看看,穆阿奇! 让我看看! "

"先去峡谷再说。"穆阿奇答道,"我伤得不重。没伤到骨头,也没流多少血。"

罗德在后面看到穆阿奇的衣服上已被血染红了一块。

"你确定你能坚持到峡谷吗? "

"能! "

穆阿奇一边毫不迟疑地回答着,一边站起身往刚才扔掉的包裹走去。瓦比抢先一步把包裹捡起来搁在了自己肩上。

"你和罗德在前面带路。"瓦比说道,"你们两个知道峡谷的入口处在哪儿。我从没有去过那儿。"穆阿奇往山下跑去,依旧气喘吁吁,罗德紧紧跟在他后面。罗德不再为自己的安危担心了,他开始担心起坚强而忠诚的穆阿奇来——他生怕穆阿奇会在通往峡谷的路上突然一声不响地倒下去,面带着胜利而无畏的微笑死去。

第十四章　罗德把武诺咖人赶入绝境

他们前进的速度更慢了,罗德慢慢恢复了体力。等到达第二条山岭后,罗德搀着穆阿奇走,穆阿奇倒也没有反对,显然,他的伤势不轻。后面看不到追兵的踪影了。他们站在第二条山岭上可以往后看到下面四分之一英里处的山坡,这时候罗德建议,自己留在原地看守,让瓦比和穆阿奇继续往前走。两位少年都已看到,穆阿奇每往前走一步都变得更加吃力。尽管穆阿奇想尽量表现得自然一些,但无论如何也掩饰不了身体的虚弱。

　　"我想伤得挺严重的。"瓦比脸色煞白地低声对罗德说道,"他的伤势比我们想的要糟糕。他流了不少血。你的建议很好。你在这儿看守着,如果武诺咖人在山坡上出现的话,就冲他们开枪。我把我的枪也留给你,这样的话,他们会认为我们准备跟他们再干一仗,就能在后面阻挡他们一会儿。我得赶紧把穆阿奇的伤口包扎一下,不然他会因失血过多而出事的。"

　　"包扎完之后继续往前跑啊。"罗德补充道,"听到我的枪声后也不要停,继续往峡谷那儿赶。我知道路怎么走,我会找到你们的。现在我的体力已经完全恢复了。我很容易就能赶上你们,因为穆阿奇跑得不快。"

　　在俩人谈话的这会儿,穆阿奇已经沿着山岭继续往前跑了。瓦比随后追赶而去。同时，罗德躲藏在一块石头后面，凭借着地理优势，他能看到刚才他们来时的大部分路。

他焦虑地看了看手表，计算着时间。他给瓦比留了十分钟的时间用来包扎穆阿奇的伤口。这十分钟结束之后，每一秒都无比珍贵。整整十五分钟，他的眼睛都一眨不眨地盯着后面的道路。这段时间里，武诺咖人肯定早已穿好了雪地靴！他们会不会放弃追赶呢？在洼地中惨遭失败的武诺咖人有没有可能害怕再次遇到袭击？罗德在心里否定了这个想法。他敢肯定，武诺咖人知道瓦比是瓦比诺什驿站站长的儿子，所以他们会不惜一切代价把瓦比抢走，哪怕他们得追赶很远，甚至再牺牲掉几条人命！

罗德看到后面的雪地上出现了人影。他站直身子，呼吸急促起来。空地上出现了两个人，紧接着第三个人也出现了，随后其他的武诺咖人也出现了。罗德算了一下，总共有十六个武诺咖人。他们都穿着雪地靴，循着自己和同伴留下的脚印往前追赶。

罗德再次看了看手表，已经过去二十五分钟了。穆阿奇和瓦比已经离开很远了。如果他能把后面的暴徒阻挡住十五分钟或者更长一段时间——哪怕仅仅十五分钟也好，穆阿奇和瓦比就一定能到达峡谷的入口处。

三个人的性命全都取决于罗德了，但罗德此时很镇定。他的手一点也不颤抖，他知道开枪的时候一定要万分准确才行！他一点也不激动或害怕，冷静地计算着距离和位置。他决定了，等暴徒离自己不到四百码的时候再开枪。他确信，等他们距离自己在四百码和三百码之间的时候，他至少能击毙一个或两个暴徒。

他以一棵短叶松的树桩为参照物计算着位置，两个武诺咖人刚刚走过这个树桩，他就扣动了扳机。他看到最前面的那个武诺咖人倒下了，把地上的雪溅起六英尺高。紧接着，他开了第二枪、第三枪！其中有一枪打得有点高，但还是打中了第二个暴徒。最前面那个中枪的暴徒转身躲到了树桩后面，罗德又开了一枪，子弹紧贴着他的耳朵飞过。他的第五发子弹是冲着追赶而来的暴徒中人最多的地方打去的，然后他抓起瓦比的猎枪，冲着暴徒连续开起枪来。

霎时间，暴徒分散开来，往后面逃窜而去，罗德看到第二个挨枪的暴徒躺在雪地上一动不动。他开始重新给枪上子弹，等上完子弹后，武诺咖人已经分散开了，有的往左边逃去，有的往右边逃去。他最后一次看了看手表，瓦比已经离开三十五分钟了。

罗德从石头后爬出来，站直身子，往穆阿奇和瓦比的方向追去。他在心里计算了一下，武诺咖人至少需要十分钟才会从两侧和后面出来，等他们发现自己逃走的时候，自己已经跑了将近一英里了。他跑过瓦比为穆阿奇包扎伤口的地方时没有停下来——那儿的雪地上有几滴血和一块红布。又往前跑了半英里后，他发现瓦比和穆阿奇停下来休息时留下的脚印。再往前面，穆阿奇和瓦比每跑四分之一英里左右就休息一次，不久，罗德看到他们在前面的雪地里慢慢地前行。

他追上去时，早已累得气喘吁吁。

"还有多远,罗德?"瓦比问道。

"不到半英里。"

瓦比示意他搀着穆阿奇的另外一只胳膊。

"他流的血太多了。"瓦比一边严肃地说道,一边扭过头意味深长地看了罗德一眼,这让罗德禁不住打了个寒战。他们加快步伐,几乎是架着穆阿奇往前走。突然,瓦比停下来,将猎枪端到胸前,开了一枪。前面几码远的地方,一只肥大的白兔倒在雪地里,踢腾着腿做着垂死挣扎。

"等赶到峡谷之后,穆阿奇必须吃点东西才行。"瓦比说道。

"我们一定能赶到峡谷!"罗德说道,"我们一定能赶到峡谷,那儿是树林,我们去那儿!"

他们几乎又要跑起来了。穆阿奇的脚挨着雪地,被架着往前走。五分钟后,已经处于半昏迷状态的穆阿奇被架着沿着陡峭的山坡往下走去。在山坡下,瓦比转身,用仇恨的目光望着后面。

"你们这些恶魔!"他挑衅地喊道,"你们过来啊!"

穆阿奇醒过来一会儿,罗德把他搀到峡谷的石壁边隐蔽的地方。几块大石头之间有一个隐蔽的空间,里面几乎没有雪,罗德把穆阿奇搀到那里,让穆阿奇在里面休息,然后自己回到瓦比身边。

"罗德,你站在这里看守着。"瓦比说道,"我们必须把那只兔子煮了,给穆阿奇补充点能量。我想他现在已经停止流血了,但我还是要回去看看。他的伤不致命,但身体很虚弱。如果我们让他吃点热乎乎的东西,相信他很快就可以走动。你有没

有带什么吃的东西？"

罗德解开小包裹,两人从里面取出一些食物,这些食物从中午开始就背在罗德的肩上。

"有不少咖啡、一撮茶叶、足够多的盐和一点面包。"他说道。

"好极了！在荒野里这点东西可不够三个人吃,但能救活穆阿奇！"

瓦比转身往回跑。罗德躲在一块石头后,观察着通往峡谷的那条狭窄的通道。他此时倒是希望武诺咖人从山坡上下来,因为他确信,凭着手枪和三杆猎枪,他们能在武诺咖人抵达峡谷底部之前把他们打个落花流水。但他迟迟没有看到暴徒露面的迹象,也听不到上面的声音。他明白,暴徒就在附近——他们在等待夜色的来临,那样的话他们就可以用夜色来打掩护。

他听到火堆里发出噼噼啪啪的声音,嗅到一股甜美的咖啡味。瓦比确信武诺咖人知道他们当前的位置,于是愉快地吹起口哨来。几分钟后,瓦比从石头后面来到了罗德身边。

"等天一黑,武诺咖人就会重新向我们发起攻击,"瓦比冷静地说道,"如果他们能找到我们的话。天一擦黑,我们就赶紧在峡谷中找一处能藏身的地方。那时候穆阿奇应该可以走路了。"

罗德回忆起峡谷石壁中的那道裂缝来,他赶忙把这一情况描述给了瓦比。在晚上,那道裂缝确实是一处理想的藏身之处。如果穆阿奇的身体允许的话,他们还可以沿着裂缝往上爬,离开峡谷,往南方进行长途跋涉,等到第二天早上,武诺咖人就再也找不到他们了。但这个办法有一个问题——如果罗德看到的那个从裂缝中爬走的神秘人不在那群受伤或死掉的武诺咖人之中,那么这道裂缝就有可能被把守着,或者武诺咖人会直接沿着那道裂缝从上面往峡谷里爬。

"但无论如何,我们得冒这个险。"瓦比说道,"还有一种可能是,那个神秘人只是偶然发现了那道裂缝,然后从裂缝中爬走,而他的同伴根本就不知道这道裂缝的存在。我敢打赌,在这么黑的夜晚,他们不敢跟在后面追到峡谷里面来。他们一定会在夜色的掩护下躲藏在石头之间,等到明天天亮。我们可以趁这个时间往南方逃走,等他们赶上我们时,我们就再把他们打得人仰马翻。"

"我们马上就出发?"

"一小时内就出发。"

随后,俩人久久地站在那儿,注视着来时的路,谁也不说话。

然后罗德突然说道:"沃尔夫去哪儿了?"

瓦比轻声笑了起来,笑得很开心:"沃尔夫回到自己的同类中去了。今天晚上,它就要在野蛮的狼群中嚎叫了。沃尔夫是个多好的老朋友啊!"瓦比的笑声有点颤抖,语气中似乎有一些惋惜,"武诺咖人从木屋的后面发动了袭击,他们冷不防把我摁倒在地,我们激烈地搏斗了几分钟,然后我们仰面摔倒,当我知道我肯定会被他们俘虏的时候,赶紧用手中的刀子把沃尔夫脖子上的皮绳割断了。"

"它没有上去咬武诺咖人？"

"它咬了一会儿，然后一个武诺咖人冲它开枪，它就逃到树林中去了。"

"奇怪的是，他们为什么不等我和穆阿奇回木屋呢？"罗德若有所思地问道，"他们为什么不伏击我俩呢？"

"因为他们本来就没想抓你俩。他们知道，在你们追来之前，他们就能回到营地。我是他们的人质。他们打算把我扣留下来，然后跟你和穆阿奇联系，让你俩在规定的期限内给驿站报信。然后他们会向我的爸爸勒索巨额的财物，最后再把我宰了。天哪！这些是他们当着我的面亲口说的！"

这时从头顶传来一个声音，他们立马做好了开枪的准备。什么东西互相碰撞的声音越来越近，最后，一个很小的圆石子从他们面前飞快地滚过，落在了峡谷的底部。

"他们在上面！"瓦比微笑着放下枪来，"他们不小心踢落了一个小石子，但我们还是警惕一些为好。我敢打赌，其他的武诺咖人这时候肯定恨不得把那个踢落小石子的人杀了！"

罗德小心翼翼地回到穆阿奇身边。他弯着腰，脸对着那条从山顶上延伸下来的狭窄的道路。树木间开始出现浓浓的阴影，于是罗德做出一个决定，不论发现什么动静，不管对方是不是武诺咖人，都要立马开枪。十五分钟后，瓦比回到罗德身边，他一边走着一边吃着一大块烤好的兔子肉。

"我已经喝过咖啡了。"他说道，"你也回去吃点东西吧，顺便把火加大一些。如果听到我开枪，不用管。我想开一枪，让武诺咖人知道我们有所防范就行，然后，我们赶紧去找石壁上的那个裂缝。"

罗德回到火堆边时,发现穆阿奇正一手拿着一块兔子肉,一手端着一杯咖啡。受伤的穆阿奇冲着罗德笑了笑,表情跟平常一样,罗德总算放下了心。

"你好一些了吗?"罗德问道。

"好多了!"穆阿奇答道,"伤得不重。我很想再打一仗,但瓦比说不行,他让我就待在这儿。"穆阿奇的表情有点严肃,看来他对瓦比的安排不大满意。

罗德开始享用起兔子肉和咖啡来。他虽然很饿,但还是留下了一些兔子肉和饼干,他把这些兔子肉和饼干放进包裹里,以供日后食用。随后没过多一会儿,两声枪响从峡谷中传来。还未等枪声的回音在峡谷中消失,瓦比就从越来越浓的暮色中赶过来。

紧贴着石壁往前走倒是挺轻松的,此时,即便对面的山岭上有武诺咖人,也看不到他们三个人的具体位置,因为夜色已经很浓很浓了。三个人小心翼翼地往前走了很长一段时间,他们谁也没敢弄出什么声音,因为害怕峭壁上面有巡逻的武诺咖人。半个小时后,领头的穆阿奇觉得自己的体力恢复得很好了,于是加快了步伐。此时罗德就紧紧跟在穆阿奇的后面,双眼不停地在石壁上搜寻着,看离那道裂缝还有多远。突然,瓦比停了下来,轻声提醒同伴也停下来。

"下雪了!"他低声说道。

穆阿奇抬起头。大片大片孤独的雪花开始飘落下来。

"马上雪就会下得很大,会把我们的脚印盖住!"

"如果真是那样的话,我们就安全了!"瓦比激动地说道。

足足有一分钟,穆阿奇都仰望着天空。

"峡谷上面刮着很小的风。"他说道。

"风是从南方刮来的。雪要下大了——现在——我们要尽快上去!"他们接着往前走去,因为有了新的希望,心情激动起来。罗德能感受到雪花越来越大了。三个人紧紧贴着峡谷的石壁,一边走着一边寻找着那道裂缝。到了晚上,峡谷中的变化可真是太大了!罗德的心怦怦跳个不停,有时候充满希望,有时候充满疑惑,有时候又充满担忧。他们会不会找不到那道裂缝?他们是不是已经走过了那道裂缝?他原本默记在心里当作路标的那些大石头和悬垂下来的危岩一个也找不到了。

他停下脚步,不安地问道:"我们已经走多远了?"

还没等瓦比回答,前方离他们只有几步之遥的穆阿奇就紧贴着峡谷的石壁轻声喊他们快过去。罗德和瓦比急忙赶过去,发现穆阿奇身边正是那道裂缝。

"在这里!"

瓦比把手中的猎枪递给罗德。

"我先上去。"他说道,"如果上面没人,我就冲你们吹口哨。"

穆阿奇和罗德久久地站在下面,侧耳听着瓦比沿着裂缝往上攀爬的声音。然后一切寂静下来。十五分钟后,一声低沉的口哨声传了下来。又过了十分钟,三位猎人并肩站在了山顶上,不过罗德和受伤的穆阿奇也累了个够呛。

三个人坐在雪地中歇息了好一会儿,他们一边歇息着,一边等待着、观察着。此时罗德心中升起一种感激的心情，因为雪越下越大，在他看来，这场大雪简直就是老天特意恩赐给他们的——大雪覆盖住他们的脚印之后，他们就可以安全回家了。

等罗德站起身时，瓦比仍然一言不发，三个人默默地互相握了握手，感谢老天的帮助。

他们不由自主地转过身，久久注视着峡谷外面黑暗的荒野——在那片广袤的雪野上，在最近的几周里，他们曾经历了多少惊险而刺激的事啊！他们把目光投向第二座山的外面——那儿传来一声孤独而哀伤的狼嚎声。

"我想的是——"瓦比轻声说道，"这只狼会不会是沃尔夫？"

然后，三位猎人向着南方踏上了归程。

第十五章　驿站上的新变化

从三位冒险家踏上归程的那一刻起，穆阿奇就担任了领路人的角色。风雪载途,全靠穆阿奇带领他们找路。既没有月亮,也没有风,甚至连瓦比也无法在这样的暴雪之夜里,在这片陌生的土地上找到笔直的道路。但穆阿奇仍然保留着荒野中的野蛮人的特征，他似乎拥有神秘的第六感——也就是通常所说的方向感——鸽子就是靠这种近乎是超自然的本能而从几百英里之外的地方笔直地飞回到鸽子笼中的。在今夜紧张的逃亡中，瓦比和罗德一次又一次地问穆阿奇瓦比诺什驿站在哪个方向,每次穆阿奇都会毫不迟疑地指出驿站的方向；但在罗德看来，穆阿奇每次指出的方向都不一样。由此可见,如果把罗德单独放在这片荒野中的话,他肯定会永远也走不出去。

　　直到午夜，他们才停下来休息。之前他们虽然走得很慢，但一刻也没有停过。瓦比计算了一下，他们已经走了十五英里。在他们身后五英里之外的地方,脚印就已被落下的雪彻底掩埋掉了。到明天早晨,武诺咖人就找不到他们三个人留下的任何脚印了,当然也就无从知道他们的去向。

　　"他们会认为我们径直往西边去驿站了。"瓦比说道,"明天晚上,我们就会离他们五十英里远。"

在此处停歇的时候,他们在一棵倒掉的大树下生起了一堆篝火,三位猎人喝了一壶浓咖啡,把剩下的不多的兔子肉和饼干也吃掉了,好好恢复了一下元气。然后,他们重新踏上了归程。

在罗德看来,他们已经爬过了数不尽的山岭,也走过了数不尽的沼泽,等终于抵达开阔的平原的边缘时,罗德长长地舒了一口气,比穆阿奇还轻松。实际上,穆阿奇基本上没去留意自己的伤口,而罗德却随时有可能一屁股坐在地上。在距离天亮还有一个小时的时候,三个人停下来休息。要是再晚几分钟的话,罗德可能真的会瘫坐在地上。他们已经安然摆脱了危险,对于这一点,老勇士还是挺自信的。他们在一处浓密的云杉林边生起了一堆营火。

"早上的时候云杉林里有松鸡。"穆阿奇很肯定地说道,"这片云杉林里的松鸡肯定非常多,我们的早餐不用愁了。"

"你是怎么知道的呢?"早已饥肠辘辘的罗德问道。

"浓密的云杉林都生长在低洼处,这里是鸟儿过冬的好地方。"穆阿奇解释道。

瓦比打开装兽皮的那个较大的包裹——里面装着六张猞猁皮和三张上好的狼皮,他把这些兽皮分成三份。

"如果靠近火堆,然后睡在这些兽皮上,就会像睡在舒服的床上一样。"他解释道,"弄一些云杉枝来,罗德!然后每堆云杉枝上铺一张狼皮,再用两张猞猁皮当毯子盖在身上,睡起来绝对舒服。"

罗德很快按照瓦比说的铺好了床铺,半个小时后,他们就进入了梦乡。穆阿奇和瓦比过惯了荒野生活,他俩每睡上一会儿就有一人醒来,给火堆添加一些木柴。等天光大亮时,瓦比和穆阿奇端着猎枪悄悄进入云杉林中,片刻之后,罗德被他们的枪声惊醒了。然后,俩人带着三只松鸡回来了。

"云杉林里有几十只松鸡。"瓦比说道,"但我们只打了几只,够吃就行了。你有没有留意我们昨晚留下的脚印?"

罗德揉了揉眼,说自己刚刚从兽皮上醒来。

"如果你到空地上走上一段路,就会发现身后一百码之外就没有脚印了。"瓦比说道,"大雪很快就把脚印盖住了。"

尽管他们除了松鸡肉外什么也没有,但是在云杉林中进行的这顿早餐却是整个旅程中最快乐的一顿早餐。很快,三个人就把各自的松鸡啃了个精光,只剩下骨头。他们现在没什么害怕的了,因为大雪仍然在下着,他们的敌人在北边二十五英里之外的地方。尽管如此,三个人还是尽快启程了,他们迎着风雪往南方走去。到中午的时候,他们搭建了一个营地,做了些准备工作,因为他们决定在这儿好好休息到明天。

"我们现在绝对离凯诺加米小路很近。"瓦比对穆阿奇说,"不过也有可能已经走过了。"

"还没有!"穆阿奇一边回答着,一边指着南方说道,"凯诺加米小路在那边。"

"凯诺加米小路是一条雪橇路,它从铁路附近的尼皮贡镇开始,直通到凯诺加米驿站。凯诺加米驿站是长湖最上游的驿站。"瓦比向罗德解释道,"凯诺加米驿站的站长是我们的好朋友，我们经常去拜访他，但我只从凯诺加米小路上走过一次。穆阿奇倒是从这条小路上走过很多次。"

午饭之前，他们打死了几只兔子。整个下午，他们没有再猎杀任何猎物，这天下午的大部分时间，三位疲劳的冒险家都用来睡觉了。罗德醒来时，发现雪已经停了，但天也快黑了。

穆阿奇的伤口又开始折磨起他来。于是三个人做出决定，至少明天的大部分时间，穆阿奇要待在营地里，罗德和瓦比出去捕杀一些猎物，从猎物上弄一些油脂来涂抹在穆阿奇的伤口上——除水貂和兔子的油脂外，任何油脂都能对穆阿奇的伤口愈合起到很好的作用。第二天早晨，罗德和瓦比出发了，穆阿奇虽不怎么愿意，但还是留在了营地里。刚离开营地没多远，罗德和瓦比就分头行动了——罗德往东，瓦比往南。

整整一个小时，罗德都没有看到猎物，尽管周围有很多驼鹿和驯鹿的踪迹。最后，他决定往南边一英里外的一条山岭走去，在山顶上发现猎物的可能性要比在平地上茂密的灌木丛中大很多。他走了还不到一半的路程时，突然遇到一条从自己的前方斜着过去的踪迹，这条踪迹上的积雪被踩踏得很厉害，往正北方向而去。自昨天的暴风雪之后，有两辆狗拉雪橇从这条踪迹上经过，每辆雪橇的两边都有雪地靴的脚印。罗德看到脚印来自三双不同的雪地靴，两支雪橇队伍至少有十几条狗。他立即想起了凯诺加米小路，在好奇心的驱使下，他沿着雪橇队的踪迹往前追过去。

往前走了半英里后，他发现这队人马停下来做饭的痕迹。营火的余烬依然留在一根很大的木头旁边，这根木头的一部分已经被烧掉了，木头的周围散落着很多骨头和一些面包渣。但引起罗德注意的是后来加入的人的脚印。他敢肯定，这些脚印是一些女性留下来的，因为其中有一双脚印特别小巧。紧靠着那根木头的雪地中有一双靴子印，它让罗德的心脏剧烈跳动起来！在这个地方，雪地被其中一双雪地靴踩踏得非常瓷实，在这个相对比较坚硬的地面上，脚印非常清楚。这个脚印是一只鹿皮靴的脚印，罗德认识鹿皮靴。他现在回想起来了，敏妮塔琪被绑架的那天，在瓦比诺什驿站附近的森林中，他停下来在松软的泥土上查看敏妮塔琪被迫留下的脚印时，那个脚印也是带了个小鞋跟，并且，敏妮塔琪是驿站上唯一一个穿这种鹿皮靴的人。这可真是一个奇怪的巧合！会不会是敏妮塔琪到过这儿？这个脚印是敏妮塔琪留下的吗？不可能！但他还是有些激动，他用手指摸了摸那个精巧的靴子印。这让他想起了敏妮塔琪。敏妮塔琪的靴子印跟这个一模一样，他很好奇，那个从这里经过的少女是不是跟敏妮塔琪一样漂亮呢？

他稍稍加快步伐，往前追踪而去。十分钟后，他来到了一个地方，这里有更多的雪地靴的脚印。看来北方来的人马跟南方来的这三个人会合了，然后他们一起往北方赶去。

从凯诺加米驿站来的人前来迎接这三个人。罗德这么想着。等他转过身望着营地方向的时候，他脑海中浮现出荒野中两队人马进行会合时的热闹场面来——夫妻高兴地相互拥抱，穿着小巧的鹿皮靴的漂亮少女高兴地吻着父亲或兄长。

等罗德回到营地时，发现瓦比早已回来了。瓦比打到了一只不大的母鹿，这天中午，他们又在营地中享用了一顿盛宴。

罗德因为运气不好,没打到猎物,所以就讲起追踪那条痕迹的事情来。下午和晚上的大部分时间里,这队从附近经过的人马的事成了他们的主要话题。因为在荒无人烟的荒野中待了几日之后发现附近有文明地区的人经过,这对他们来说是一件重大的事情。但有一件事罗德轻描淡写地提了一下就算了——他没有过分强调那个小巧的鹿皮靴的鞋印与敏妮塔琪的是多么相似;因为他知道,如果说出自己对敏妮塔琪的鞋有多么的熟悉和喜爱的话,肯定会引来瓦比长达一个星期的取笑。但即便如此,他还是说出了一点——他认为,如果敏妮塔琪从雪地上走过的话,敏妮塔琪脚印的大小绝对跟这个脚印的一样。

这天下午和晚上,三位猎人都待在营地里没出去,他们有时候睡觉,有时候吃饭,有时候瓦比和罗德为穆阿奇的伤口涂上油脂。第二天早晨天刚破晓,他们就重新踏上了归程。他们这时候往正西方走,他们很高兴,因为他们已经彻底离开了武诺咖人的地盘。

罗德和瓦比一边往驿站方向走,一边谈论着这次长途旅行中的惊险经历。瓦比想起他埋在"印第安人的冰箱"中的那个驼鹿头,便觉得有点后悔,有那么一会儿,他很想从北边的那条道路回家,这样的话,他就可以把那对贵重的鹿角取出来——但这样的话他就有再次遭遇武诺咖人的危险。

穆阿奇听完他的想法后摇了摇头:"武诺咖人可不好惹啊,为什么还要去自讨苦吃呢?"

然后,瓦比不情愿地放弃了要带那个很大的驼鹿头回驿站的打算。

第二天将近中午的时候，他们从一座小山的山顶上看到了尼皮贡湖。第一次踏上新大陆时的哥伦布也未必有此时看到尼皮贡湖的罗德高兴。罗德兴奋地在冰雪上又蹦又跳，甚至穿着雪地靴在雪地上翻起跟头来！

罗德心想，那里就是尼皮贡湖了——还有一百英里左右，就是敏妮塔琪和驿站了！这天下午从尼皮贡湖上穿行时，罗德的脑海中不断浮现出回到驿站时的幸福场景。再过三个多星期，他就可以见到母亲了！再过三个多星期，他就可以回到家中了！瓦比要和自己一起回底特律！想到这里，他一点也不觉得疲惫。他有使不完的劲儿。他大声笑着，吹着口哨，甚至唱起了歌儿。他很好奇，如果敏妮塔琪见到自己，她是不是也会非常高兴呢？他知道敏妮塔琪会高兴的，但会高兴到什么程度呢？

他们绕着尼皮贡湖的下游走了两天，然后拐弯往正北方而去。这样走到第三天傍晚时，冷冷的太阳快要沉落下去了，北方大地上没有一点热度的白天就要结束了。就在这时，他们登上了一条被森林覆盖着的山岭，他们站在山岭上往瓦比诺什驿站望去。

他们远眺的时候，圆圆的通红的太阳往下坠落，躲进了森林、远山和平地的后面，荒凉的大地迎来了夜晚，这时候他们听到一阵奇怪的军号声，声音清晰而优美。

瓦比认真地听着，表情凝重起来，露出疑惑不解的神色。等军号声消失后，本来想欢呼的瓦比突然问道："那是什么声音呢？”

“是军号声！”罗德答道。

罗德刚说完，一阵沉重而响亮的炮声传了过来。

“如果我没猜错的话，这是日落礼炮的声音！”罗德补充道，“我不知道你们驿站有士兵——”

“我们驿站没有士兵啊！”瓦比答道，“天哪，这到底是什么意思呢？”

他匆匆往山岭下走去，另两个人也紧跟在他后面。十五分钟后，他们到了驿站附近的平地上。与三个人当初离开时相比，驿站已经出现了奇怪的变化：平地上建起了几座用木头搭建成的简陋的木屋，木屋的周围有几十个士兵，他们穿着英国皇家军队的军装。原以为回到驿站时会高兴得欢呼起来的三位猎人，此时一声不吭了，他们匆匆往驿站站长的家中赶去。瓦比奔跑着去见他的父母，罗德则抄近路直奔哈德逊湾商店。罗德以前经常在哈德逊湾商店那里发现敏妮塔琪。但这一次，他的希望落空了，他发现商店里没有敏妮塔琪的身影，他又转身往瓦比家的院子赶去。等他走到瓦比家院子的台阶处时，瓦比的母亲已经走出院子来迎接他了——她刚刚迎接过瓦比，现在是第二次走出院子进行迎接了，而瓦比就跟在母亲身后。

瓦比激动得脸红红的，眼睛焕发出明亮的光彩。

等瓦比的母亲回房屋中准备晚饭的时候，瓦比激动地对罗德说：“罗德，你知道吗？政府已经对武诺咖人宣战了，并且已经派出了一队正规军来剿灭他们！最近两个月，他们对驿站的抢劫和杀戮已经到了前所未有的地步。正规军明天就要开始剿匪行动了！"

罗德听后兴奋得说不出话来。

"你能不能留下来，加入这场剿匪行动？"瓦比恳求道。

"不能！"罗德答道，"我不能加入了，瓦比，我得回家，你知道的。你也跟我回底特律吧，并且，说服你母亲让敏妮塔琪也跟我们一起去吧。"

"现在这个情况，我不能陪你去了，罗德。"瓦比拉住罗德的手说道，"至少这次我没法和你一起去了。敏妮塔琪也不能陪你去了。因为这段时间武诺咖人太猖狂，所以父亲已经把敏妮塔琪送到别的地方去了。本来父亲想把母亲也送走的，但母亲没同意。"

"把敏妮塔琪送到别的地方去了？"罗德问道。

"对！她四天之前就动身去凯诺加米驿站了，一名印第安妇女和三个向导陪她去的。你所发现的绝对就是他们留下的踪迹。"

"那个脚印——"

"是敏妮塔琪的。"瓦比一边大笑着，一边亲切地用胳膊揽住伙伴的肩头，"你不能多待几天吗？"

"不能多待！"

罗德回到房间里，郁郁不乐地独自坐到了晚餐时间。有两件事让他非常失望。一件是瓦比不能跟他一起回底特律，另一件是他错过了敏妮塔琪。敏妮塔琪临走前给罗德留了一张短笺，让母亲保管着。罗德现在一遍又一遍地读着那张短笺。敏妮塔琪在短笺中说，她会在罗德他们三个人回到驿站之前赶回来,但最后她又补充道,如果她未能在他们三个人回来之前赶回来，那么请罗德在不久之后务必带着他母亲再来一次瓦比诺什驿站。

吃晚饭的时候，瓦比的母亲向罗德转达了敏妮塔琪对他的邀请。冬季的时候,瓦比的母亲收到了罗德的母亲寄来的一封信,她现在把这封信中的一部分读给罗德听,罗德听了之后非常高兴——自己的母亲不但身体健康,而且承诺明年夏天来瓦比诺什驿站。罗德一下子高兴得欢呼起来,全然忘掉了饭桌上的礼仪。在经历了短暂的失望之后,罗德的抑郁一扫而光。

这天晚上，驿站站长代表大哈德逊湾公司把他们的兽皮收购了。如果把三分之一的黄金也计算在内的话,罗德总共分得了将近七百美元。第二天早上,两个月一次的驶往文明开化地区的雪橇队伍就要出发了，罗德准备跟着这支队伍一块儿离开。临走时他给敏妮塔琪写了一封长信,然后让忠诚的穆阿奇把这封信转交给敏妮塔琪。

这天晚上的大部分时间里,瓦比和罗德都坐在一起聊天,并且制订着以后的计划。他们相信,剿灭武诺咖人的行动很快就会取得决定性的胜利。从明年春天开始,武诺咖人带来的麻烦将永远消失。

"你会尽快回来吗？"瓦比不止一次地重复着这个问题，"在冰雪解冻之前你能赶回来吗？"

"只要那时候我还活着,我就一定赶回来！"罗德信誓旦旦地说道。

"你会把你母亲也带来吧？"

"是的，她答应了。"

"来了之后，我们就去寻找——黄金——"

"寻找黄金！"

瓦比伸出手，两个人激动地把手握在一起。

"到时候敏妮塔琪也会回来的！我敢打赌！"瓦比一边说着，一边大笑起来。

罗德一下子涨红了脸。

这天夜里，罗德辗转反侧，难以入眠，一直到天亮都没有合眼。他抬起头，深情地望着东南方——他就是在那个方向发现雪地中的脚印的。然后他又望着北方、东方和西方，最后，他转过身望着南方——他的眼睛似乎穿过一千英里的距离，看到了家乡，看到了正在大城市中安然熟睡的母亲。他转过身，往瓦比诺什驿站望去，驿站上的灯光全都熄灭了，他轻声地自言自语道："明天——就回家！"然后，他又补充道，"冰雪融化的时候，我会再回来的！"